Wenn ein Stern am Himmel steht

Die schönsten Weihnachtsgeschichten

Ausgewählt und zusammengestellt
von Ilka Osenberg-van Vugt

Inhaltsverzeichnis

Engel an deiner Seite 64

90 Das findet, wer Weihnachten sucht

Vom Wunder einer Winternacht 112

Weihnachten liegt in der Luft

AN DEZEMBERTAGEN

Rainer Haak

Die Geschichte von Sophie beginnt irgendwann in einem dunklen Herbst. Und doch ist es eine Weihnachtsgeschichte, denn sie bringt Menschen einander näher.

Die Geschichte von Sophie spielt nicht an Weihnachten, sondern irgendwann in einem dunklen Herbst. Und doch ist es eine Weihnachtsgeschichte! Sophie war schon sehr alt und verließ die kleine Wohnung nur noch selten, um einzukaufen oder zur Arztpraxis zu gehen. Viel zu oft dachte sie voller Wehmut an die Vergangenheit, an ihre Familie und die Freunde. Das alles lag so lange zurück!

An den langen Abenden saß Sophie häufig am Fenster und blickte hinüber zu dem großen Mietshaus auf der anderen Straßenseite, das genauso aussah wie ihr eigenes.

Sophie freute sich sehr, wenn das eine oder andere Fenster dort beleuchtet war. Das gab ihr ein wenig das wunderbar süße Gefühl von Gemeinschaft und Geborgenheit.

Eines Tages geschah ein Wunder. Sophie blickte gerade zu den vielen dunklen Fenstern auf der anderen Straßenseite, als plötzlich in einem Fenster ein kleines Licht zu flackern begann. Jemand muss dort eine brennende Kerze hingestellt haben, sagte sie aufgeregt zu sich selbst. Sophie schaute auf die Uhr. Es war Punkt acht – da ist es um diese Jahreszeit schon lange dunkel.

Sie konnte ihren Blick kaum von der Kerze lösen. Sie saß an ihrem Fenster und schaute hinü-

ber – was für ein schönes Zeichen, dass dort drüben auch ein Mensch war! Vielleicht war da auch jemand allein?

Am nächsten Abend um dieselbe Zeit stellte Sophie auch eine Kerze in ihr Fenster. Und tatsächlich, wenige Augenblicke später flackerte es auch auf der anderen Seite. Sophie war glücklich wie schon lange nicht mehr. An den nächsten Abenden wiederholte sich das wunderbare Lichterspiel. Mal flackerte ihr Licht zuerst, mal das auf der anderen Seite. Jeden Tag freute sich Sophie auf den Abend.

Etliche Wochen später war sie wieder einmal voller Vorfreude. Sie zündete vorsichtig eine Kerze an und stellte sie ins Fenster. Doch die andere Seite blieb dunkel. Den ganzen langen, langen Abend lang.

Vielleicht ist sie oder er dort auf der anderen Seite heute nicht zu Hause. Das kann verschiedene Gründe haben, eine Geburtstagsfeier, eine Einladung ins Theater ... Sie grübelte lange und beruhigte sich schließlich.

Doch auch am nächsten und am übernächsten Tag blieb es drüben dunkel. Drei Wochen lang wartete sie. Dann entschloss sie sich, etwas zu unternehmen. Am nächsten Morgen zog sie sich schön an, nahm ihren Stock und verließ die Wohnung.

Sie ging über die Straße zu dem Haus auf der anderen Seite. Dann öffnete sie mutig die Eingangstür, ging hinauf zum ersten Stock, wie bei sich zu Hause, und klingelte bei der linken Tür.

Das muss die Wohnung sein!, sagte sie sich. Doch niemand öffnete. Sie klingelte noch einmal, wieder gab es keine Reaktion.

Schließlich drehte Sophie sich um und klingelte gegenüber. Nach einiger Zeit öffnete ein junger Mann mit offenem Hemd. Er sah noch sehr verschlafen aus. „Entschuldigung, ich bin Musiker und hatte gestern Abend ein Konzert. Ich bin noch gar nicht richtig da. Was kann ich für Sie tun?"

Sophie erzählte von ihrem wunderbaren Erlebnis bei dem Lichterspiel von einer zur anderen Straßenseite. Der junge Mann lächelte und zeigte wunderbar weiße Zähne. „Wie schön! Dann sind Sie ja die Lichterfreundin von meiner lieben Nachbarin. Wissen Sie, Ihr Lichterspiel war hier im ganzen Haus Gesprächsthema. Leider ist sie vor gut drei Wochen in der Wohnung gestürzt. Sie hat sich das Bein gebrochen und kam ins Krankenhaus. Jetzt ist sie in einer Rehaklinik. Ich glaube, sie ist auf einem guten Weg. Alle Nachbarn brennen darauf, sie hier gesund wiederzusehen.

Übrigens, ich liebe diese Lichteraktion von Haus zu Haus sehr. Wissen Sie was? Ich zünde jetzt auch eine Kerze an, wenn ich mal zu Hause bin. Das ist ein Fenster weiter."

Sophie dankte ihm überschwänglich. Zum Schluss fragte sie noch nach der Adresse der Klinik. Er gab sie ihr. Sie lag weit entfernt, aber Sophie hatte eine Idee. Am Nachmittag setzte sie sich hin und schrieb einen langen Brief. Er endete mit den Worten:

„Ich habe mich so sehr über das Licht in Ihrem Fenster gefreut. Es war für mich ein Zeichen, dass dort ein Mensch mit einem guten Herzen lebt. Und Sie konnten sehen, dass auch bei mir ein Licht leuchtet. Vielen, vielen Dank! Ich hoffe, irgendwann werde  ich mich wieder über ein tanzendes Licht in Ihrem Fenster auf der anderen Straßenseite freuen können! Und noch etwas: Ich gratuliere Ihnen zu den wunderbaren Nachbarn, die so sehr Anteil an Ihrem Wohlergehen nehmen.“

Jeden Abend stellte Sophie weiterhin ein Licht in ihr Fenster, immer in der Hoffnung, dort drüben auch eines zu erblicken. Und tatsächlich, an einigen Abenden konnte sie sich über den tänzelnden Lichtschein von der anderen Straßenseite freuen – auch wenn er „nur“ aus dem Fenster nebenan kam.

Eines Abends saß sie wieder hinter ihrem Fenster und blickte in die kleine Flamme, die sie entzündet hatte. Plötzlich sah sie ein Licht im Haus gegenüber. Der Musiker? Da blieb fast ihr Herz stehen. Das Licht kam aus dem Fenster, das so lange Zeit dunkel geblieben war. Sie war wieder da! Sie war wieder zu Hause!

Augenblicke später brannte auch ein Licht im Fenster nebenan. Dann die nächste Kerze, ein Stockwerk höher. Und eine im Erdgeschoss, nein, zwei, drei. In immer mehr Fenstern leuchtete es – und in Sophies Herz brannte es, als schließlich in allen Fenstern gegenüber lebendige, kleine Flammen tanzten. An diesem Abend feierte Sophie Weihnachten – mitten im Herbst.

Anne Steinwart

Auch Weckmänner haben ein eigenes Leben und ihren Traum vom Glück:

Die schönsten Stutenkerle in unserer Stadt gibt es in der Bäckerei Engel in der Halbmondgasse 12. Gustav Engel backt sie seit vier Jahrzehnten alle Jahre wieder höchstpersönlich. Aus hellem, süßen Hefeteig, wie sich das gehört. Heute Morgen stellte seine Frau Thea vier Dutzend frischgebackene Hefeteigmänner in das weihnachtlich dekorierte Schaufenster. Einer ist schöner als der andere!

„Viel zu schade zum Aufessen", murmelte Thea Engel. „Mein Mann ist wirklich ein Meisterbäcker!"

„Stimmt genau", flüstert der Stutenkerl, den sie gerade in der Hand hält. „Bis auf …"

„Bis auf was?", fragt Thea verdutzt.

„Ich will eine Frau", flüstert der Stutenkerl sehnsüchtig. „Warum backt er immer nur Männer?" Thea Engel schaut den Stutenkerl lange an. Sehr lange. Ohne ein Wort zu sagen. Recht hat er, denkt Thea Engel dann, verflixt noch mal, der hat recht! Warum backt Gustav immer nur Männer? Sie trägt den Stutenkerl in die Backstube.

Gustav Engel rollt gerade einen letzten Quadratmeter Teig aus, für Wiener Weihnachtsherzen. Wenn sie fertig sind, will er schlafen gehen. Seit Mitternacht ist er auf den Beinen. Jetzt ist es sieben Uhr, in einer Viertelstunde beginnt der Ladenverkauf. Dafür ist Thea zuständig. Gustav taucht erst spätnachmittags wieder auf.

„Was gibt's"?, fragt er nun, weil seine Frau mit einem Stutenkerl dasteht und ihn so merkwürdig ansieht. „Nichts", antwortet Thea Engel, „nichts Besonderes – nur der hier ..." Sie hält ihrem Mann den Stutenkerl unter die Nase. „Der spricht!"

Bäcker Engel guckt sie missmutig an. „Quatsch", brummt er, „noch nie ..." – „Ich weiß", sagt Thea schnell, „aber er spricht wirklich!"

Gustav Engel schüttelt den Kopf. Er ist müde. Morgens zwischen sieben und acht soll man ihn gefälligst in Ruhe lassen. „Er will eine Frau", sagt Thea Engel vorsichtig. „Ich versteh das!"

„Quatsch", brummt ihr Mann. „Ich fang doch nach vierzig Bäckerjahren nicht mit Hefeteigfrauen an. So'n Quatsch!"

„Ist schon gut", sagt Thea. „Du hast ja recht. In deinem Alter kann man nichts Neues mehr ausprobieren. Dafür sind die Jüngeren da!"

Sie dreht sich um und geht in den Laden zurück. Mit einem verschmitzten Lächeln im Gesicht.

„Du hast nichts erreicht", flüstert der Stutenkerl. „Du hättest es klüger anfangen müssen." Er verzieht seine Zuckerguss-Mundwinkel nach unten und quengelt: „Ich will eine Frau, ich will eine Frau, ich will eine Frau!"

„Pssscht!", sagt Thea Engel. „Pssscht! Hab Geduld. Du kriegst deine Frau!"

Sie lehnt den schmollenden Stutenkerl an eine Packung Paniermehl im Regal hinter der Theke. Die ersten Kunden kommen. Thea hat keine Zeit mehr. Außer den üblichen Mengen von Brot und Brötchen verkauft sie heute früh schon neun Stutenkerle. Jedes Mal, wenn sie einen aus dem Schaufenster holt, geistern ihr die gleichen Gedanken durch den Kopf. Alle sind stumm, so stumm, wie solche Kerle nun einmal sind. Wieso spricht einer von vielen? Als der Laden endlich einmal leer ist, fragt sie den immer noch schmollenden Stutenkerl: „Wieso redest du überhaupt?"

„Weil ich eine Frau will", sagt er.

Thea Engel seufzt. Das ist doch keine Antwort auf ihre Frage! „Und die anderen? Deine Kollegen – wieso sprechen sie nicht?" Nun seufzt der Stutenkerl. „Weil sie keine Frau wollen."

„Ja, und", Thea stützt die Hände auf ihre Hüften, „wieso wollen sie keine Frau?"

„Vielleicht wollen sie auch eine", sagt der Stutenkerl schnippisch, „aber sie reden ja nicht!"

Thea Engel gibt es auf. Dieser eine Stutenkerl redet. Die anderen reden eben nicht! „Hast du einen Namen?", fragt sie, um das Gespräch zu beenden.

„Laurentius", sagt der Stutenkerl. „Wann kriege ich meine Laurentia?"

„Sehr bald", sagt Thea. „Hab noch ein bisschen Geduld." Sie ist sich ganz sicher. Gustav hat bestimmt längst eine Teigfrau in den Backofen geschoben. Eigentlich müsste er jeden Augenblick auftauchen – Richtig! Da kommt er ja schon. Mit einem Kuchenblech in der Hand. „Damit du Bescheid weißt", brummt er, „alt bin ich noch lange nicht! Hier, werde glücklich mit ihr."

Auf dem Backblech liegt eine Stutenfrau, die so hübsch aussieht, dass Thea für einen Moment sprachlos ist. Sie wirft ihrem Mann einen zärtlichen Blick zu. Gustav ist nicht nur ein Meisterbäcker, er ist ein Künstler! Sogar einen Trägerrock und eine Bluse mit Kragen hat er geformt und mit Mandeln und Zuckerperlen verziert. Und über die Rosinenaugen hat er helle, freche Ponyfransen aus Zuckerguss gespritzt, darüber einen Zopf aus Hefeteig gelegt. Thea lächelt verträumt. So ähnlich hat sie ihre Haare früher auch getragen!

Gustav legt sein Kunstwerk vorsichtig auf die Ladentheke. Mit einem Satz springt der Stutenkerl vom Regal. „Endlich!", jauchzt er. „Laurentia! Komm, meine Liebe!"

„Donnerwetter", sagt Bäcker Engel, „der Kerl spricht tatsächlich! Wieso spricht er? Wieso nennt er sie Laurentia?"

„Frag nicht so viel", sagt Thea Engel. „Laurentius spricht eben. Guck mal, wie jung sie noch sind! Und wie verliebt! Ist das nicht schön?"

„So'n Quatsch", brummt Gustav Engel. „Laurentius und Laurentia!" Er schaut den beiden kopfschüttelnd nach. Sie sind von der Theke gehüpft, eilen Hand in Hand auf die Ladentür zu, ohne zu zögern. Als wüssten sie genau, wohin sie nun gehen.

Thea Engel strahlt. Für Liebesgeschichten hatte sie schon immer viel übrig! Plötzlich ertönt eine entschlossene Stimme aus dem Schaufenster: „Ich will auch eine Frau!" „Ich auch!"

Alle Stutenkerle im Fenster beginnen laut zu schreien: „Ich auch!" – „Ich auch!" – „Ich auch!" – „Ich ..."

Thea hält sich die Ohren zu. „Das kommt davon, meine Liebe", sagt Bäcker Engel und schmunzelt. „Sieh zu, wie du mit ihnen fertig wirst. Ich gehe jetzt schlafen!"

Doris Bewernitz

Wie ein einziger Weihnachtsbaum es schafft, allen - vom Mann bis zur Maus - eine Freude zu bereiten, davon erzählt diese wunderbare Geschichte vom Wünschen, Erfüllen, Geben und Schenken:

Es war ein Mann, der wollte gern einen Weihnachtsbaum kaufen, um Frau und Kindern eine Freude zu machen. Doch er war arm und konnte ihn nicht bezahlen. Da ging er zu der Wiese, wo die Weihnachtsbäume angeboten wurden, und fragte den Verkäufer, ob es eine Möglichkeit gäbe, vielleicht auch ohne Geld einen Baum zu bekommen. „Warum denn ohne Geld?", fragte der Verkäufer.

„Ich habe keins", sagte der Mann.

„Nun, in diesem besonderen Fall fiele mir schon etwas ein", sagte der Verkäufer. „Ich stehe nämlich hier den ganzen Tag in der Kälte und friere mir die Seele aus dem Leib. Wenn du mir also ein schönes kuschliges Schaffell geben würdest, in das ich mich einhüllen kann, ja, dann würde ich dir dafür einen Weihnachtsbaum schenken."

Der Mann freute sich und lief gleich zur Weide, auf der die Schafe standen und Gras rupften. „Liebe Schafe", sagte er, „wärt ihr so nett und würdet mir bitte eines von euren Fellen geben?"

Die Schafe schauten ihn erstaunt an und machten „Bäh". Aber schließlich kam doch eines zu ihm und sagte: „Wofür brauchst du es denn?"

Und der Mann erzählte ihm von dem Weihnachtsbaum, den er seiner Familie so gern schenken wollte und dass er ihn nur bekäme, wenn er dem Baumverkäufer ein kuschliges Schaffell brächte.

„Nun", sagte das Schaf, „in diesem besonderen Fall würde ich dir meines geben, aber das kann ich nur tun, wenn du mir über den Winter ein Plätzchen in einem warmen Stall besorgst."

Der Mann freute sich und lief zum Bauern. „Lieber Bauer", sagte er, „bitte, hast du vielleicht ein Plätzchen für ein Schaf in deinem warmen Stall, wo es den Winter über stehen kann?"

„Warum denn das?", fragte der Bauer. „Aus welchem Grund sollte ich fremde Schafe unterstellen?"

Und der Mann erzählte ihm von dem Weihnachtsbaum, den er seiner Familie so gern schenken wollte, und dass er ihn aber nur bekäme, wenn er dem Baumverkäufer ein Schaffell brächte. Und dass das Schaf ihm wohl ein Fell geben würde, aber nur, wenn es dafür über den Winter in einem warmen Stall stehen dürfte.

„Na gut", sagte der Bauer, „in diesem besonderen Fall würde ich dem Schaf einen Platz anbieten, aber nur, wenn du vorher meinen Hund zur Vernunft bringst."

„Was ist denn mit deinem Hund?", fragte der Mann.

„Kaum wird es dunkel", sagte der Bauer, „bellt er wie ein Verrückter, als wäre der Hof voller Einbrecher. Aber wenn ich hinuntergehe, ist da nichts. Meine Frau und ich machen schon wochenlang kein Auge mehr zu. Wenn du es also schaffst, dass er das nächtliche Bellen lässt, dann soll das Schaf von mir aus in meinem Stall stehen."

Da freute sich der Mann, lief zum Hund und sagte: „Lieber Hund, könntest du bitte das nächtliche Bellen lassen, damit der Bauer und seine Frau wieder schlafen können?"

„Aber ich muss doch bellen", sagte der Hund, „schließlich bin ich ein Wachhund. Wenn sich nachts die Mäuse im Stall über das Futter der Tiere hermachen, wie könnte ich das tatenlos mit ansehen? Und überhaupt, was geht dich mein Bellen an?"

Da erzählte ihm der Mann von dem Weihnachtsbaum, den er seiner Familie so gern schenken wollte und dass er ihn aber nur bekäme, wenn er dem Baumverkäufer ein Schaffell brächte. Und dass das Schaf ihm wohl ein Fell geben würde, aber nur, wenn es dafür den Winter über in einem warmen Stall stehen dürfte. Und dass der Bauer es in seinen Stall aufnehmen würde, aber nur, wenn der Hund ihn nachts endlich wieder schlafen ließe.

„Na gut", sagte der Hund, „in diesem besonderen Fall würde ich zu bellen aufhören, aber nur, wenn du vorher all die Mäuse aus dem Stall vertreibst, damit sie den Tieren nicht mehr das Futter stehlen können."

Da freute sich der Mann und ging in den Stall zu den Mäusen. „Liebe Mäuse", sagte er, „wärt ihr vielleicht so freundlich, euch ein anderes Unterkommen zu suchen?"

Die Mäusemutter steckte den Kopf aus ihrem Loch. „Und warum sollten wir das tun?", fragte sie.

Da erzählte der Mann ihr von dem Weihnachtsbaum, den er seiner Familie so gern schenken wollte und dass er ihn aber nur bekäme, wenn er dem Baumverkäufer ein Schaffell brächte. Und dass das Schaf ihm sogar ein Fell geben würde, aber nur, wenn es dafür über den Winter im Stall stehen dürfte. Und dass der Bauer es in seinen Stall nehmen würde, aber nur, wenn der Hund nachts nicht mehr bellte. Und dass der Hund nachts tatsächlich schweigen würde, aber nur, wenn die Mäuse aus dem Stall gingen.

„Nun gut", sagte die Mäusemutter, „in diesem besonderen Fall haben wir ein Einsehen und würden uns ein anderes Quartier suchen, aber nur, wenn du uns dafür ein feines weißes Brot schenkst, damit wir heuer alle mal richtig satt werden."

Da freute sich der Mann, lief zum Bäcker und sagte: „Ach guter Bäcker, schenkst du mir bitte ein feines weißes Brot?"

„Warum sollte ich mein Brot verschenken?", fragte der Bäcker, „ich backe es schließlich, um es zu verkaufen."

Da erzählte der Mann ihm von dem Weihnachtsbaum, den er seiner Familie so gern schenken wollte und dass er ihn aber nur bekäme, wenn er dem Baumverkäufer ein Schaffell brächte. Und dass das Schaf ihm wohl ein Fell geben würde, aber nur, wenn es dafür über den Winter im Stall stehen dürfte. Und dass der Bauer es in seinen Stall nehmen würde, aber nur, wenn der Hund nachts Ruhe gäbe. Und dass der Hund dies auch tun würde, aber nur, wenn vorher die Mäuse aus dem Stall gingen. Und dass die Mäuse tatsächlich hinausgehen würden, aber nur, wenn sie ein schönes, weißes Brot dafür bekämen.

„Nun gut", sagte der Bäcker, „in diesem besonderen Fall will ich dir ein Brot schenken."

„Einfach so?", fragte der Mann.

„Einfach so", sagte der Bäcker, „schließlich ist Weihnachten. Da kann man ja mal großzügig sein."

Da freute sich der Mann über die Maßen, nahm das Brot und dankte dem Bäcker. Und dann lief er mit dem Brot zu den Mäusen und gab es ihnen. Und die Mäusemutter sammelte ihre gesamte Verwandtschaft und sie gingen aus dem Stall hinaus.

Darauf ging der Mann zum Hund und sagte ihm, dass die Mäuse fort wären und der Hund versprach, ab sofort nachts Ruhe zu geben.

Und der Mann lief zum Bauern und sagte ihm, dass der Hund nun nachts still wäre und er und seine Frau wieder würden schlafen können, und der Bauer meinte, dann dürfe das Schaf für den Winter in seinem Stall stehen.

Da lief der Mann zum Schaf, brachte es in den Stall und bekam dafür das warme, kuschlige Fell.

Und mit dem Fell lief er zur Wiese, auf der der Weihnachtsbaumverkäufer stand, gab es ihm und bekam dafür einen wunderschönen Weihnachtsbaum, so schön und herrlich, wie du in deinem ganzen Leben garantiert noch keinen gesehen hast. Und mit diesem Baum ging der Mann nach Hause und stellte ihn mitten in die Stube. Der Baum strahlte herrlich und duftete wie ein ganzer Wald.

Da leuchteten die Augen der Frau und der Kinder, und dem Mann wurde ganz warm ums Herz, als er seine Familie so glücklich sah. Und dann setzten sie sich alle um diesen besonderen Baum herum und hatten miteinander ein wirklich wunderbares Weihnachtsfest.

Maria Sassin

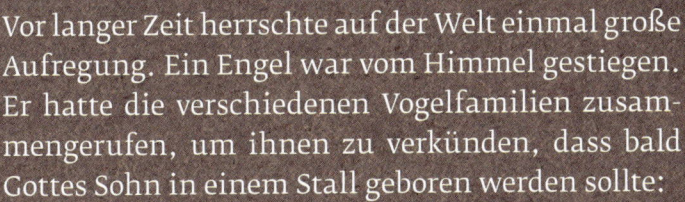

Die Geburt des Kindes in der Krippe will gut vorbereitet sein. Auch die Vögel möchten den neuen König der Welt mit einem Konzert begrüßen. Doch der Streit ist vorprogrammiert.

Vor langer Zeit herrschte auf der Welt einmal große Aufregung. Ein Engel war vom Himmel gestiegen. Er hatte die verschiedenen Vogelfamilien zusammengerufen, um ihnen zu verkünden, dass bald Gottes Sohn in einem Stall geboren werden sollte:

„In einem Stall, denkt euch nur, ein Königssohn, der Herrscher der Welt", pfiff entrüstet die Amsel.

„Ja, unglaublich!", schnatterte die Gans und zischte laut. „Das ist kein schöner Geburtsort, kann ich euch sagen. In Ställen kenne ich mich aus – dort ist es dunkel und stinkt!"

„Komische Idee von Gott", meinte die Waldohreule, klimperte gelangweilt mit den Augenlidern und schlief ein. Die anderen aber tschilpten, pfiffen, gackerten und krächzten durcheinander, sodass man sein eigenes Wort nicht mehr verstand.

Der Engel klatschte in die Flügel: „Wenn ich um Ruhe bitten dürfte! Ich kann euren Unmut nur zu gut verstehen, aber hört mir doch erst mal zu Ende zu. Wir im Himmel haben uns ja genauso aufgeregt, aber Gott hatte sich natürlich alles perfekt ausgedacht. Er möchte dem Sohn zur Begrüßung auf dieser Welt ein wunderschönes Vogelkonzert schenken und wünscht dazu eine Zusammenstellung eurer erlesensten Lieder, die den Menschen an das Herz gehen und sie den dreckigen Stall vergessen lassen. Sie sollen so zauberhafte Musik hören, dass sie sich ganz königlich fühlen, als wären sie in einem Palast! Nun, die Geburt ist in wenigen Wochen vorgesehen, also denkt euch etwas aus!"

Mit diesen Worten breitete der Gottesbote seine Flügel aus und machte sich auf den Rückweg in den Himmel.

Die Vögel kakelten und schwatzen noch eine Weile, dann meinte der Pirol: „Meine Familie für ihren Teil hat keine Zeit mit dummem Gerede zu verlieren, wir müssen proben – wie ihr ja alle wisst, sind unsere Lieder die besten!"

„Wie bitte?", fragte die Nachtigall, und ihr blieb der Schnabel offen stehen.

„Ihr habt wohl noch nie ein Zaunköniglied gehört!", piepste der kleinste Vogel stolz, aber die Großen verlachten ihn.

„Nichts geht über den majestätischen Schrei des Adlers", rief dieser. „Er allein ist wahrhaft königlich!"

Schon begannen sich einzelne Vögel auf die Mitglieder anderer Familien zu stürzen, um sie zu hacken.

„Huhu!", tutete der weise Uhu. „Nun seid vernünftig und fliegt heim, um eure Lieder zu üben. Danach sehen wir weiter! Kommt in drei Wochen zurück – dann fällen wir eine Entscheidung!"

Da der Alte überall beliebt und anerkannt war

wegen seiner Klugheit, gehorchten die anderen Vögel und flogen dorthin, wo sie lebten – der eine ins Gebirge, der andere in den Wald, wieder andere an das Ufer des Meeres oder den Rand der Wüste. Dort berichteten sie all den Daheimgebliebenen von ihrer großartigen Aufgabe. Natürlich hielt jede Familie ihr Lied für das schönste und beste und allein für die Aufführung würdige. Alle übten rund um die Uhr. Täglich wurden ihre Melodien süßer, ihre Rufe mächtiger und die Aufführungen perfekter.

Auch das Äußere der Sänger durfte nicht zu kurz kommen. Die Amseln kleideten sich in schwarze Fräcke und pfiffen die herrlichsten Melodien. Rotkehlchen warfen sich in die Brust und wetteiferten mit dem Dompfaff um das leuchtendste Gewand. Der exzentrische Pirol hüllte sich in gelbe Seide, die Taube in jungfräuliches Weiß. Der Eichelhäher putzte seine signalblauen Seitenfedern, bis sie glänzten, und der Spatz plusterte sich, dass er wie ein Flaumbällchen ausschaute. Der Pfau probierte stundenlang die elegantesten Schwanzfederstellungen. Sogar der Schmutzgeier wusch sich zur Feier des Tages!

Bald waren die drei Wochen vorbei, und die Geburt würde nicht mehr lange auf sich warten lassen. Mit Kind und Kegel flogen die Vogelfamilien zu dem Wald, in dem der Uhu hauste. Sie bauten sich in den Zweigen der umliegenden Bäume wie auch auf dem Waldboden in ihren Chorformationen auf. Der Uhu klapperte mit den Augenlidern und rief: „Um der Gerechtigkeit Willen singen nun alle Chöre nacheinander ihr Lied und wir stimmen ab!"

Die Adler begannen und schrien so gewaltig, dass die anderen sich die Flügelspitzen in die Ohren stopften. Der Raben gar zu raues „Kroah" folgte dem „Piepiep" der Meisen. Das Gurren der Tauben klang monoton, das Geschnatter der Enten ließ Süße vermissen und der Nachtigall mangelte es an tiefen Tönen. Mit nichts wollte der alte Uhu zufrieden sein. „Unmöglich, unmöglich!", krächzte er. „So wollt ihr einen König empfangen? Also nein, eure Lieder sind alle gut, ja, wunderbar, aber irgendetwas fehlt ihnen. Wenn ich nur wüsste, was es ist! Am besten höre ich euch alle noch einmal an. Der Adler möge wieder beginnen!"

„Immer sind wir die Letzten!", beklagten sich die Zaunkönige. Ihr Dirigent hob protestierend die Flügel. Sofort begann seine Schar zu singen und mischte sich in das Schreien des Königs der Lüfte.

„Wir auch, wir auch!", sangen, pfiffen und tirilierten die anderen Chöre. Plötzlich musizierten alle durcheinander. Der alte Uhu baute sich vor den Sängern auf. „Ich glaube, ich hab es!", krächzte er. „Das ist es, was gefehlt hat – dem Adler der Sopran der Nachtigall, dem Raben das sanfte Gurren der Taube. Aber wenn jeder sein Lied in einem anderen Tempo singt, klingt es schlimm. Wartet auf mein Zeichen. Dann beginnt alle noch einmal von vorne!"

Die Vogelschar verstummte wie auf Kommando. Die Sänger schauten auf den Weisen. Der Uhu hob die Flügelspitzen und gab nacheinander allen Vogelfamilien ihren Einsatz. Tausende Stimmen erfüllten den Wald mit der wunderbarsten Melodie, die sich nur denken lässt. Die Vögel sangen lange, lange, und jeder Einzelne von ihnen wurde von einem tiefen Glück durchströmt. Wie herrlich war es, in so großer Schar friedlich miteinander zu singen! Sie verstummten erst, als dem Uhu die Flügel lahm wurden.

Plötzlich war der Engel wieder unter ihnen: „Hört die frohe Botschaft, Jesus ist geboren! Auf, auf, folgt mir zum Stall!"

In einem langen Zug flogen die Vögel hinter ihm her; die Adler und Kondore trugen alle die, die mit ihren kleinen Flügelchen nicht so rasch vorankamen. „Damit keiner den Einsatz verpasst und uns kein Ton fehlt!", krächzten sie freundlich.

Bald tauchte der kleine alte Stall vor der Vogelschar auf. Alle begaben sich auf ihre Plätze. Sie warteten mit klopfendem Herzen darauf, dass der Uhu den Einsatz gab. Dann öffneten sich abertausend Schnäbel zu Ehren des neugeborenen Königs. Die Jungfrau Maria weinte ebenso gerührt wie ihr Gefährte Josef.

Als es das zauberhafte Konzert hörte, öffnete das Neugeborene die Augen, sah auf zu den Sängern und strahlte. Sein Lächeln fiel tief in jedes Vogelherz.

Seither werden auf Darstellungen der Geburt des Herrn oft Vögel abgebildet, um zu zeigen, wie wunderbare Dinge man erreichen kann, wenn alle gemeinsam friedvoll das gleiche Lied singen.

Wenn Weihnachtswünsche wahr werden

WEIHNACHTEN SCHENKT FREUDE

DER WEIHNACHTSNARR

Max Bolliger

Ein Narr macht sich auf, dem Stern zu folgen, um dem neuen König seine Dienste darzubieten. Doch die Geschenke, die er ihm überreichen will, wird er unterwegs ganz anders los:

Im Morgenland lebte vor zweitausend Jahren ein junger Narr. Und wie jeder Narr sehnte er sich danach, weise zu werden.

Er liebte die Sonne und wurde nicht müde, sie zu betrachten und über die Unendlichkeit des Himmels zu staunen. Und so geschah es, dass in der gleichen Nacht nicht nur die Könige Kaspar, Melchior und Balthasar den neuen Stern entdeckten, sondern auch der Narr.

Der Stern ist heller als alle anderen, dachte er, er ist ein Königsstern. Ein neuer Herrscher ist geboren. Ich will ihm meine Dienste anbieten, denn jeder König braucht auch einen Narren. Ich will mich aufmachen und ihn suchen.

Der Stern wird mich führen. Lange dachte er nach, was er dem König mitbringen könne.

Aber außer der Narrenkappe, seinem Glockenspiel und seiner Blume besaß er nichts, was ihm lieb war. So wanderte er davon, die Narrenkappe auf dem Kopf, das Glockenspiel in der einen und die Blume in der anderen Hand.

In der ersten Nacht führte ihn der Stern zu einer Hütte. Dort begegnete er einem Kind, das gelähmt war. Es weinte, weil es nicht mit den anderen Kindern spielen konnte.

Ach, dachte der Narr, ich will dem Kind meine Narrenkappe schenken. Es braucht die Narrenkappe mehr als ein König. Das Kind setzte sich die Narrenkappe auf den Kopf und lachte vor Freude. Das war dem Narr Dank genug.

In der zweiten Nacht führte ihn der Stern zu einem Palast. Dort begegnete er einem Kind, das blind war. Es weinte, weil es die anderen Kinder nicht sehen konnte.

Ach, dachte der Narr, ich will dem Kind mein Glockenspiel schenken. Es braucht das Glockenspiel mehr als ein König. Das Kind ließ das Glockenspiel ertönen und lachte vor Freude. Das war dem Narr Dank genug.

In der dritten Nacht führte ihn der Stern zu einem Schloss. Dort begegnete er einem Kind, das taub war. Es weinte, weil es die anderen Kinder nicht hören konnte.

Ach, dachte der Narr, ich will dem Kind meine Blume schenken. Es braucht die Blume mehr als ein König. Das Kind betrachtete die Blume und lachte vor Freude. Das war dem Narr Dank genug.

Nun bleibt mir nichts mehr, was ich dem neuen König mitbringen könnte. Es ist wohl besser, wenn ich umkehre. Aber als der Narr zum Himmel emporschaute, stand der Stern still und leuchtete heller als sonst. Da fand er den Weg zu einem Stall mitten auf dem Feld. Vor dem Stall begegnete er drei Königen und einer Schar Hirten. Auch sie suchten den neuen König.

Er lag in einer Krippe, war ein Kind, arm und bloß. Maria, die eine frische Windel übers Stroh breiten wollte, schaute hilfesuchend um sich. Sie wusste nicht, wo sie das Kind hinlegen sollte.

Joseph fütterte den Esel, und alle anderen waren mit Geschenken beladen. Die drei Könige mit Gold, Weihrauch und Myrrhe, die Hirten mit Wolle, mit Milch und Brot.

Nur der Narr stand da mit leeren Händen. Voll Vertrauen legte Maria das Kind auf seine Arme. Er hatte den König gefunden, dem er in Zukunft dienen wollte. Und er wusste auch, dass er seine Narrenkappe, sein Glockenspiel und seine Blume für dieses Kind hingegeben hatte, das ihm nun mit seinem Lächeln die Weisheit schenkte, nach der er sich sehnte.

DIE MUSCHELSCHALE

Margarete Kubelka

Wenn heiß geliebte Dinge aus ihrem Leben erzählen könnten ... Hier erfährt man von der wundersamen Reise einer Muschelschale:

Die Großmutter hatte sehr an der Muschelschale gehangen. Die Großmutter hieß eigentlich Anna Ziemer, aber die wenigsten kannten ihren Namen. Sie hatte sieben Enkel und diese Enkel hatten Freunde und Freundinnen, und die alte Frau Ziemer, bei der sie aus- und eingingen, nahm auch sie gleichsam an Enkel statt an, und alle nannten sie nur die Großmutter.

Die Muschelschale war ein altes Erinnerungsstück aus ihrer eigenen Jugend. Es war eine Gebäckschale aus Porzellan in Form einer geöffneten Muschel, mit vielen Schnörkeln und Schleifen aus Porzellan versehen und mit grellen Farben bemalt: Rosen, Nelken und Vergissmeinnicht.

Als sie noch nicht die Großmutter war, sondern ein junges Mädchen, hatte sie die Schale in einer Jahrmarktbude gesehen und sie wunderschön gefunden. „Man könnte Kekse hineinlegen oder Halsketten“, hatte sie sehnsüchtig zu ihrem Verlobten gesagt, der sie begleitete, „oder sie einfach nur auf den Tisch stellen. Sie ist so schön.“

Werner, der Bräutigam, der später der Großvater werden sollte, gab seinem Herzen einen Stoß und kaufte seiner Braut die Muschelschale, obwohl er mit dem Geld recht knapp dran war und es damals nicht üblich war, alles, was einem gefiel, gleich zu kaufen.

Seitdem stand die Muschelschale an einem bevorzugten Platz, wurde selten benützt, aber immer getreulich abgestaubt und vor Sturz und Schlag behütet. Die Jahre gingen dahin; Kinder wurden geboren, die Wohnung einige Male gewechselt, aber das gute Stück aus gemaltem Porzellan stand immer auf der Kommode.

Bis es die Großmutter eines Tages in einem Anfall von Liebe und Großmut ihrer ältesten Enkelin Julia schenkte, die gerade ihr Abitur mit „Gut" bestanden hatte. Sie hat sich weidlich geplagt, dachte die Großmutter, und ich will ihr etwas schenken, woran mein Herz hängt. Zur Belohnung und zum Andenken an mich.

Die ersten Tage danach lebte die Großmutter in dem euphorischen Gefühl, sich überwunden und eine gute Tat begangen zu haben. Dann begann der leere Fleck auf der Kommode an ihrem alten Herzen zu zerren. Großvater hatte sie mir geschenkt, dachte sie in keimendem, schlechtem Gewissen. Oder: Wie jung war ich damals und wie fröhlich. Die Sonne schien und ich hatte ein grün geblümtes Kleid aus Musselin an.

Julia selbst konnte über das Geschenk nicht recht froh werden. Sie war ein Kind ihrer Zeit und bevorzugte schlichte Formen und klare Linien. Sie ging nicht so weit, die Schale geschmacklos zu nennen, dazu hatte sie die Großmutter zu lieb. Die Geschichte der Muschelschale kannte sie nicht, sonst hätte sie das Stück ganz gewiss behalten. Aber so war sie recht froh, als ihr Onkel Erwin einfiel. Es war allen bekannt, dass Erwin seine Wohnung mit reich verziertem, verschnörkeltem Porzellan ausgestattet hatte, zu dem er sich offensichtlich hingezogen fühlte. So verpackte sie das porzellanene Monstrum vorsichtig in Holzwolle und Karton und schickte es Onkel Erwin an seinem Geburtstag.

Erwin überlief es kalt, als er die Gabe auspackte. Er war ein versierter Sammler wertvollen antiken Porzellans, und das Stück aus einer Jahrmarktsbude von anno dazumal flößte ihm Abscheu und Entsetzen ein. Was sollte er damit anfangen? Einen Augenblick spielte er mit dem Gedanken, es der Mülltonne anzuvertrauen, dann erinnerte er sich, dass Cousine Inge demnächst ihre Silberhochzeit feiern würde. Inge lebte dreihundert Kilometer von hier entfernt, und es war nicht anzunehmen, dass Nichte Julia, die Spenderin des guten Stückes, es auf Inges Regal sehen würde. Die Muschelschale wurde wieder gut verpackt und mit einem handgeschriebenen Glückwunsch versehen zur Post gebracht.

Inzwischen hatte die Großmutter schon eine lange Leidenszeit hinter sich. Anstelle der Muschelschale stand nun eine kleine Bauernuhr nach Delfter Muster auf der Kommode, aber ihr beständiges Ticken geleitete die Großmutter nicht in die Zukunft, sondern in die Vergangenheit. So war es damals gewesen, so hatte dies und das ausgesehen, diese Worte hatte der und jener gesprochen. Auch der Tag auf dem Rummelplatz spielte dabei eine große Rolle. Aber die kleine sichtbare Zeugin jenes unbeschwerten Tages, die Muschelschale, war nicht mehr da. Die Großmutter erwog den

Kauf eines ähnlichen Stücks, verwarf den Gedanken aber bald, denn es wäre doch nicht das Gleiche gewesen.

Inzwischen nahte die Weihnachtszeit, und die Großmutter wurde durch das Backen der altbewährten Anisplätzchen und den Kauf von Geschenken für die weitverzweigte Sippe von ihren reuevollen Gedanken abgelenkt. Unter den Päckchen, die sie selbst bekam, war auch eines von ihrer Nichte Inge. Als sie es unter dem Tannenbaum auspackte, stand ihr Herz fast still vor Freude und Überraschung. Zum Vorschein kam die Muschelschale, unversehrt, reich verschnörkelt und mit leuchtenden Farben bemalt. Gab es noch ein zweites Stück davon? Nein, die Großmutter entdeckte, als sie es umdrehte, jene winzige Kerbe auf der Rückseite, die entstanden war, als sie beim Spülen mit einem Teller daran gestoßen war.

Dies war nun eine äußerst rätselhafte Sache, aber die Großmutter beschloss, ihr nicht nachzuspüren. Sie ahnte wohl, dass sie damit einige Menschen in Verlegenheit bringen würde. So nahm sie die Muschelschale ganz einfach ein zweites Mal als Geschenk entgegen im Bewusstsein, dass das, was man liebt, bei einem bleibt: im Herzen und manchmal sogar als sichtbare, tastbare und erlebbare Wirklichkeit.

DIE ZAUBERNUSS
Regine Schindler

Vom Geheimnis der Zaubernuss erfahren die Kinder einer Schulklasse zu Nikolaus:

Als die Kinder morgens ins Schulhaus stürmten, jubelten sie. Im Schulzimmer neben dem Tisch der Lehrerin stand ein runder, großer Korb. Er war gefüllt mit Mandarinen, Nüssen und Lebkuchen. Da wussten die Kinder: Heute Nacht war der Nikolaus dagewesen. Sie schauten den Korb von links an, von rechts, von vorn, von hinten. Sie zogen ihn ein kleines Stück vom Tisch weg. Sie schauten die Mandarinen, Äpfel, Nüsse und Lebkuchen genauer an. Welches war der schönste Lebkuchen? Welches die größte Nuss? Ein Kind nahm eine Nuss in die Hand. Da zog ein anderes Kind den Korb zu sich. Die Nüsse klapperten aneinander. Ein Junge gab dem Korb einen Stoß.

In diesem Augenblick hörten sie die Schritte der Lehrerin im Treppenhaus. Sie nahm immer zwei Treppenstufen auf einmal, das hörte man ihren Schritten an, und es war ein Zeichen, dass sie guter Laune war. Doch starr blieb sie in der Tür des Schulzimmers stehen. Sie schaute auf den Korb, der jetzt vor den Bänken stand. Daneben lagen Äpfel, Lebkuchen und Nüsse. Die Lehrerin blickte auf eine Nuss, die über den Boden rollte; sie schaute auf die Mandarine, die ein Kind in der

Hand hielt, und auf einen zerbrochenen Lebkuchen. Sie sagte kein Wort. Schnell legten die Kinder alles in den Korb zurück. Sie sahen, dass die Lehrerin bleich geworden war. Nicht einmal „Guten Tag" sagte sie heute. Auch die Kinder waren stumm. Sie schlichen an ihre Plätze. Sie schauten auf den Boden, dann auf den Deckel ihrer Pulte. Die Lehrerin sagte: „Der Nikolaus hat euch einen Korb gebracht – und ihr könnt keine Minute warten. Jeder hat Angst, dass er zu kurz kommt!" Die Stimme der Lehrerin war nicht streng oder laut. Aber sie war sehr traurig – und das war für die Kinder viel schlimmer als laut oder streng. Das war überhaupt das Schlimmste, was passieren konnte. Wenn die Lehrerin nämlich traurig war, sah sie aus, als ob sie im nächsten Moment weinen würde. Eine Lehrerin aber und weinen – davor hatten alle Kinder Angst!

Zum Glück wurde die Stimme der Lehrerin bald wieder fester, ein bisschen streng sogar, und sie sagte: „Hier steckt eine Papierrolle, mitten in den Nüssen, Lebkuchen und Mandarinen. Sicher ein Brief vom Nikolaus. Wer will ihn lesen?" Niemand wollte. Alle waren jetzt ganz ängstlich, und die Lehrerin selbst musste das rote Band, das um die Papierrolle geschlungen war, öffnen und vorlesen. Wirklich, es war ein Brief vom Nikolaus. Er schrieb: „Das Beste, was ich euch schicke, ist die Zaubernuss. Sie liegt ganz oben im Korb, eingeklemmt zwischen drei Mandarinen, unter ihr liegt der Lebkuchen mit dem weißen Zuckerherz. Die Zaubernuss kann zaubern. Sie macht jeden, der sie verschenkt, froh. Sie macht auch jeden, der sie bekommt, froh." Plötzlich schaute keines der Kinder mehr auf sein Pult. Alle starrten auf den Korb, in dem alles durcheinander war. Ausgerechnet der Lebkuchen mit dem weißen Zuckerherz war zerbrochen.

Als die Lehrerin dann die Geschichte vom heiligen Nikolaus, der drei armen Mädchen hilft, vorlas, hörte kein einziges Kind zu. Immer noch starrten sie auf den runden, großen Korb und die Dinge, die daneben lagen. Und alle dachten dasselbe: Welches ist die Zaubernuss? Wie kann man sie erkennen?

Dann gab die Lehrerin jedem Kind eine Nuss. Und alle Kinder umklammerten ihre Nuss sofort mit der Hand. Sie schlossen ihre Hände so fest, dass die Nüsse warm wurden. Die Spitzen der Nüsse bohrten sich in die Handflächen der Kinder. Ein Mädchen hielt die Nuss an sein Ohr. Ein Junge roch an seiner Nuss und umschloss sie schnell wieder. Jedes Kind dachte: Ist meine Nuss die Zaubernuss? Wem würde ich sie schenken? Wen möchte ich froh machen?

Da stand das Mädchen, das allein in der hintersten Bank saß und sonst nie ein Wort sagte, mit einem Ruck auf. Es redete einfach, ohne dass es die Hand aufgestreckt hatte. Ja, es ging mit kleinen Schritten nach vorn zum Tisch der Lehrerin, während es redete. Es sagte deutlich – und so viel hatte es noch gar nie gesagt, weil es ein ganz scheues Kind war: „Vielleicht ist meine Nuss die Zaubernuss. Ganz vielleicht. Darum will ich Ihnen meine Nuss schenken. Ich möchte, dass Sie wieder froh werden."

Alle hatten gespannt zugehört und zugeschaut. Jetzt aber war es aus mit der Ruhe. Alle stürmten gleichzeitig nach vorn. 24 Nüsse lagen plötzlich auf dem Tisch. Die Lehrerin strich mit der Hand ihre langen Haare auf die Seite, und alle sahen ihr Gesicht: Ja, sie lachte. Und darum lachten jetzt auch die Kinder wieder. Alle miteinander waren sehr froh.

„Doch welche Nuss war jetzt die Zaubernuss?", fragte ein Kind. Niemand wusste es. „Jede Nuss kann die Zaubernuss sein", sagte die Lehrerin. „Darum schenke ich jedem von euch eine Nuss zurück. Erst wenn ihr sie weiterschenkt, merkt ihr, wer die Zaubernuss gehabt hat."

Am nächsten Tag fragte die Lehrerin: „Wer von euch hatte nun die Zaubernuss?" „Ich, ich, ich ...", riefen alle Stimmen. Und jedes Kind erzählte, wie es seine Nuss sofort verschenkt hatte. Es erzählte, wie es ein anderes Kind, eine Frau oder einen Mann damit froh gemacht hatte – und wie es selbst dabei ganz froh und glücklich geworden war. „Wer weiß, vielleicht hat uns der Nikolaus lauter Zaubernüsse geschenkt", sagte die Lehrerin. „Und wenn alle Zaubernüsse weiterwandern von Hand zu Hand, wenn sie bis Weihnachten immer weiterverschenkt werden – vielleicht sind dann an Weihnachten alle Menschen der ganzen Stadt froh."

Da klatschte das Mädchen in der hintersten Bank in die Hände. Und die anderen Kinder klatschten mit.

ZU WARM FÜR WEIHNACHTEN
Dorothea Kiausch

Wie es ist, Weihnachten nicht zu Hause, sondern im warmen Süden zu feiern, erzählt diese schöne Geschichte:

Carla hatte vor 10 Jahren ihre Zelte in Deutschland abgebrochen. Jeder hatte sie für verrückt erklärt, noch in „diesem Alter" ein neues Leben zu versuchen. Immer wieder hatte sie daraufhin ihr Leben Revue passieren lassen. Sie hatte weder eine Familie noch nahe Verwandte, und die wenigen wirklich guten Freunde würden auch nach Spanien kommen.

Mit vierzig Jahren hatte sie sich von ihrem kleinen Erbe eine winzige Wohnung auf Lanzarote gekauft, mit Feuereifer die Sprache ihrer Wahlheimat gelernt und mit ihrer aufgeschlossenen Art schnell neue Freunde gefunden. Auch ihre Rechnung auf häufige Besuche der deutschen Freunde ging auf. Sie kamen gern und genossen mit ihr die Stimmung immerwährender Ferien.

Nur zu Weihnachten war es Carla nie gelungen, ihre Freunde in die Sonne zu locken. Da es in Spanien keinen Heiligen Abend gab, konnte aus ihrem Freundeskreis niemand nachempfinden, warum an diesem Tag ein immer wiederkehrender, sanft ziehender Schmerz durch ihr Herz zog.

Ihr 24. Dezember jährte sich zum zehnten Mal. Carla hatte den vertrockneten Blütenstand einer Agave in ihren deutschen Christbaumständer geklemmt und ihn in den freien Raum neben der Treppe gestellt; Kugeln und Sterne, Kerzen und Engel hatten Platz an den kahlen Zweigen gefunden. Carla starrte durch die geöffnete Terrassentür auf den Atlantik. Die blühende Bougainvillea wucherte lila über die Pergola, der Oleander hatte sich zum Fest beeilt und öffnete zaghaft seine ersten Blüten, der Weihnachtsstern – das war Carlas besonderer Stolz – stand in seiner ganzen roten Blütenpracht vor dem leuchtend blauen Himmel.

Das war es wohl! Hier gehörte diese Pflanze zwar hin und nicht in ein warmes Wohnzimmer, aber sie war in dieser Umgebung nicht in der Lage, auch nur ein bisschen weihnachtliche Stimmung hervorzurufen. Müde nahm sie die festliche Stola von den Schultern und legte sie im Wohnzimmer über den Stuhl, es war zu warm. Einmal im Jahr war es einfach zu warm. Dunkelheit breitete sich um sie aus. Hastig nahm sie die Schachtel Streichhölzer, als ob sie sich so gegen die Schatten wehren könnte, und zündete die Kerzen an ihrem Weihnachtsbaum an.

Als das Radio dieses unausweichliche „Stille Nacht" übertrug – und weil sie nicht hören wollte, wie die Wellen gegen ihre Herzwand brandeten –, sang sie laut mit. Zum Glück kannte sie sämtliche Strophen, sie sang sich Trotz und Traurigkeit von der Seele und war froh, dass sie keiner sehen oder hören konnte.

Sie drehte das Radio leiser, weil sie wusste, dass sie es wieder einmal überstanden hatte. Sie musste noch die zahlreichen Päckchen auspacken, war ganz versunken in all die Zeichen von Liebe und Zuneigung, als ein immer wiederkehrendes, leises Läuten sich in das Rascheln des Papiers mischte.

Vielleicht hatte ein Windzug die kleinen Glocken an ihrem Weihnachtsbaum bewegt?

Sie beschloss, ein wenig auf die Terrasse zu gehen, die würzig-salzige Luft einzuatmen, und wollte dann diesen Abend mit einem schönen Buch und einem Glas Wein beenden und so den Anschluss an ihr selbstgewähltes Leben wiederfinden.

Beinahe wäre sie über den sechsjährigen Nachbarjungen Carlo gestolpert. Er stand unter dem Weihnachtsstern und läutete zaghaft mit einer winzigen Glocke. Sie waren sich über ihre fast gleichen Namen nähergekommen, hatten sich aber in den letzten Wochen nicht gesehen, weil Carlo in der Adventszeit bei einem Onkel in München war.

Nun stand er strahlend vor ihr, bimmelte mit seiner kleinen Glocke und hielt ihr mit erwartungsvoll strahlenden Augen ein winziges Gefäß aus Glas entgegen. „Du darfst es nicht öffnen", bat er sie mit drängender Stimme. „Ich habe in München für dich eine Schneeflocke gefangen, aber wenn du sie freilässt, wird sie schmelzen!"

Carlo setzte sich zu ihr, nannte die Agave Weihnachtsbaum und verspeiste mit Genuss all ihr Marzipan. Die Schneeflocke stand vor den Kerzen und spiegelte tausend Kristalle. Verstohlen wischte sich Carla mit dem Handrücken über die Augen. „Du weinst doch nicht?", fragte ihr kleiner Freund sie sorgenvoll. Als sie ihm aber antwortete: „Das war nur eine einzige Freudenträne, denn noch nie hat mir jemand etwas so Schönens geschenkt", war er sichtlich zufrieden, gab ihr einen Kuss auf jede Wange und verabschiedete sich damit. Als Dank bekam Carlo einen großen Schokoladenweihnachtsmann und hielt ihn vorsichtig in beiden Händen, denn er fühlte sich schon ein bisschen weich an. „Ich werde ihn zu Hause in den Kühlschrank stellen, damit er nicht schmelzen kann", versprach Carlo fröhlich und fügte hinzu: „Es ist einfach zu warm für Weihnachten."

Carla strich ihm lachend und fröhlich über die schwarzen Locken, ihr war ganz leicht ums Herz und auch ein bisschen weihnachtlich, fand sie mit einem Mal.

IL PANETTONE – EINE WEIHNACHTS-
GESCHICHTE AUS DEM TESSIN

Max Bolliger

Weihnachtlich fühlt man sich vor allem dann, wenn die ei-
genen Traditionen und Rituale gelebt werden dürfen. Doch
wehe, wenn das droht, auszufallen:

„Keine Post für dich!", sagte sie.

Luigi schaute seine Schwiegertochter misstrau-
isch an. Anita lachte.

Es fiel ihr schwer, die Schadenfreude zu verber-
gen.

„Nichts!", sagte sie noch einmal.

Sie würde sich hüten, das Paket an seiner Stelle
in Empfang zu nehmen. Vor einem Jahr hatte der
Alte deswegen zwei Tage lang nicht mehr mit ihr
gesprochen.

Luigi wurde von Monat zu Monat merkwürdiger. Seine Marotten waren kaum noch zu ertragen.
Er gehörte in ein Altersheim. Doch Franco zeigte
kein Verständnis für ihre Klagen. Er hatte gut reden. Er brauchte nicht von morgens bis abends mit
seinem Vater zusammen zu sein.

Es war fünf Tage vor Weihnachten. Das Paket,
das Luigi so ungeduldig erwartete, war ein Panettone, ein Geschenk der Fabrik an ihre pensionier-
ten Arbeiter. Vierundfünfzig Jahre hatte Luigi in
der Spinnerei gearbeitet. Eigentlich genau von dem
Tag an, an dem er aus der Schule kam.

Als der Besitzer der Fabrik in den dreißiger Jahren Konkurs gemacht hatte und beinahe die ganze Belegschaft entlassen musste, hatte Luigi ihm

sein Erspartes angeboten. Der Direttore hatte es zurückgewiesen, Tränen in den Augen.

Seit seinem Schlaganfall zeigte er sich selten im Dorf, aber seine alten Arbeiter grüßte er auf der Straße noch jeden bei seinem Namen. Er war 85 Jahre alt, genau wie Luigi. Damals, in jenem traurigen Jahr, hatte er den wenigen im Betrieb verbliebenen Arbeitern zu Weihnachten zum ersten Mal einen Panettone geschenkt.

„Die verdammten Pakete!", fluchte der junge Briefträger vor sich hin. In der Nacht war Schnee gefallen. Es war unmöglich, den Handwagen in den engen Gassen hinauf- und hinunterzustoßen, darum ließ er ihn auf der Brücke stehen. Missmutig stapfte Remo durch den Schnee. Viele der alten Leute unterließen es, ihn von den Treppen und von den Türen ihrer ineinander verschachtelten Häuser wegzufegen. Sie blieben einfach vor dem Kamin hocken und warteten, bis die Sonne wiederkam und der Schnee dahinschmolz.

Und ausgerechnet heute musste er nun die unförmigen Panettone-Schachteln austragen. Auch wenn es jedes Jahr weniger wurden, waren es immer noch zu viele.

Als Remo den vollbeladenen Wagen über die steinerne Brücke weiterzog, hätte er ihn am liebsten in den Fluss gekippt. Was lag den alten Männern und Frauen denn an diesem billigen Kuchen? Die konnten sie sich heute doch selber kaufen, wenn sie Lust darauf hatten. Die verdammten Kuchen waren nichts anderes als ein Almosen, ein Trostpflaster, ein Relikt. Ausgenützt hatte man sie jahrzehntelang! Der alte Direttore war ein Halsabschneider. Remo dachte an seine riesige, von einem Park und einer hohen Mauer umgebene Villa, Badezimmer mit vergoldeten Wasserhähnen, Stukkaturen an den Decken ... Zum Glück hatten sich die Zeiten geändert. Und sie würden sich wieder ändern. Als Mitglied der Arbeiterpartei würde auch er dazu beitragen.

Remo war vor Luigis Haus angekommen. Obwohl es immer noch schneite und ein scharfer Wind wehte, stand der Alte vor der Tür und erwartete ihn.

„Endlich!", brummte er, als er das Paket entgegennahm.

„Wirst du ihn noch beißen können?", fragte Remo.

Luigi spürte den Spott in Remos Stimme nicht.

„In Kaffee getunkt schmeckt er prima."

„Was liegt dir eigentlich an dem alten Zopf?", bohrte Remo weiter.

Luigi hielt das Paket in den Händen und musterte die Adresse. Sie stimmte. Sie kannten ihn also noch, sie hatten ihn nicht vergessen ...

„Es wäre gescheiter, sie würden euch einen Hunderter schicken", fuhr Remo fort. Er versuchte den Alten zu ärgern und in Rage zu bringen.

„Ich werde mit denen da unten einmal reden", sagte er und zeigte mit dem Finger auf die am Fluss in der Talsohle gelegene Fabrik. Von den Gebäulichkeiten, in denen Luigi gearbeitet hatte, war nur ein Teil übrig geblieben. Seit die beiden Söhne des Direttore die Leitung übernommen hatten, war alles anders geworden. In der Trattoria erzählten die jungen Arbeiter von Computern, neuen

Maschinen, der modernen Kantine, von der Mitbestimmung und Gewerkschaftsverträgen. Luigi hörte ihnen zu, wusste nichts zu sagen, trank seinen Kaffee und nippte an seinem Grappa. War das überhaupt noch seine Fabrik?

Ja, solange Weihnachten der Panettone kam!

Er klaubte einen Franken aus seiner Westentasche und reichte ihn dem Briefträger.

„Für dich!", sagte er.

Remo steckte das Geldstück ein. Lieber hätte er es dem Alten vor die Füße geworfen.

Dieser Trottel!

Luigi war sicher der einzige, dem an diesem verdammten Kuchen noch etwas lag.

Im Jahr darauf lag Luigi mit einer Lungenentzündung im Bett. Die Asthmaanfälle folgten einander in immer kürzeren Abständen, und auch mit seinem Herzen stand es nicht zum Besten. Er war so schwach geworden, dass er das Bett kaum mehr verlassen konnte. Doch den Panettone hatte er nicht vergessen. Schon zwei Wochen vor Weihnachten begann er, seine Schwiegertochter damit zu quälen.

Er musste einsehen, dass er nun den Empfang des Paketes wohl oder übel Anita überlassen musste.

Ob sie in der Fabrik daran dachten?

Im Herbst war der Direttore gestorben. Obwohl Luigi damals an einer schweren Bronchitis litt, hatte er sich weder von seinem Sohn noch von seiner Schwiegertochter abhalten lassen, am Begräbnis teilzunehmen.

Von weither waren die Leute gekommen, neben der

Familie und den Mitgliedern der Behörden viele ehemalige Arbeiter und Arbeiterinnen. Luigi hatte alte Freunde getroffen. Und nicht nur Luigi hatte ein Glas zu viel getrunken. Es war ein Fest geworden, sein letztes.

Seither hatte man ihn in der Trattoria nicht mehr gesehen.

„Er ist viel erträglicher geworden, seit er im Bett liegt", sagte Anita zu Franco.

Luigis Hilflosigkeit rührte sie.

„Nur nicht ins Krankenhaus!", bat er.

Seine Frau war im Krankenhaus gestorben, und er hatte Angst davor.

„Wir behalten dich zu Hause, solange es geht", versprach Franco.

Es war sein Haus, Luigis Haus. Er hatte es mühsam von dem Geld zusammengespart, das er damals aus seinem Verdienst erübrigen konnte.

Die Jungen schienen das vergessen zu haben.

Sie hatten von dem Haus Besitz ergriffen, umgebaut, ein Badezimmer eingerichtet, einen Raum unter dem Dach, als ob es ihnen schon gehörte.

Luigi ließ sie gewähren.

Das Einzige, was ihn in diesem Augenblick zu beschäftigen schien, war sein Panettone.

„Als ob sein Leben nur noch an diesem Kuchen hinge", sagte Anita zu Remo.

Drei Tage vor Weihnachten erhielt Luigi seinen Panettone. Anita wunderte sich und sah den Briefträger fragend an. Nicht nur Remo, sondern auch sie hatte gehört, das Geschenk sei endlich als Überbleibsel von früher abgeschafft worden.

Aber weder sie noch Franco hatten gewagt, es dem

Vater zu sagen. Insgeheim hofften sie, er werde das Fest nicht überleben.

„Ich möchte ihm das Paket persönlich überreichen", sagte Remo. Als er die Kammer Luigis betrat, erkannte er ihn kaum wieder. Abgemagert und mit großen Augen lag er da.

„Hier, dein Panettone", sagte Remo heiser, durch den Anblick des Kranken eingeschüchtert. Luigi versuchte, sich aufzurichten. Es gelang ihm nicht.

Aber als ihm Remo das Paket auf die Bettdecke legte, prüfte er wie früher zuerst die Adresse. Sie stimmte. Er schaute Anita triumphierend an.

„Gib ihm einen Franken!", flüsterte er. Remo nahm ihn entgegen. Zum ersten Mal brauchte er sich nicht zu überwinden, danke zu sagen.

„Woher hast du den Panettone?", fragte Anita, als sie Remo vor die Haustüre begleitete. Remo zögerte mit der Antwort. Sollte er ihr erzählen, dass er eigens dafür zum richtigen Bäcker in die Stadt gefahren war, dass er sich in der Fabrik eine Klebeadresse erbeten und das Paket selber geschnürt hatte?

Nein! Wozu auch!

Er fühlte sich plötzlich in seine Kindertage zurückversetzt und erinnerte sich daran, wie wunderbar es gewesen war, ein Geheimnis zu haben.

„Vom Christkind!", lächelte er und machte sich mit seiner schweren Briefträgertasche auf den Weg.

VON DER FREUNDLICHKEIT DER MENSCHEN IN SHANGHAI
Joe Lederer

Eine Weihnachtsgeschichte, die glücklich macht, denn sie er-
zählt von einem ganz besonderen Geschenk:

Einmal habe ich eine Zeitlang in China gelebt.

Ich war im Frühling in Shanghai angekommen, und die Hitze war mörderisch. Die Kanäle stanken zum Himmel, und immer war der ranzige, üble Geruch von Sojabohnenöl in der Luft. Ich konnte und konnte mich nicht eingewöhnen. Neben Wolkenkratzern lagen Lehmhütten, vor denen nackte Kinder im Schmutz spielten. Nachts zirpten die Zikaden im Garten und ließen mich nicht einschlafen.

Im Herbst kam der Taifun, und der Regen stand wie eine gläserne Wand vor den Fenstern. Ich hatte Heimweh nach Europa. Da war niemand, mit dem ich befreundet war und der sich darum kümmerte, wie mir zumute war. Ich kam mir ganz verloren vor in diesem Meer von fremden gelben Gesichtern.

Und dann kam Weihnachten. Ich wohnte bei Europäern, die chinesische Diener hatten. Der oberste von ihnen war der Koch, Ta-tse-fu, der große Herr der Küche. Er radebrechte deutsch und war der Dolmetscher zwischen mir und dem Zimmer-Kuli, dem Ofen-Kuli, dem Wäsche-Kuli und was es da eben sonst noch an Dienerschaft im Haus gab. Am Heiligen Abend, ich saß wieder einmal verheult in meinem Zimmer, überreichte mir Ta-tse-fu ein Geschenk. Es war eine chinesische Kupfermünze mit einem Loch in der Mitte, und durch das Loch waren viele bunte Wollfäden gezogen und dann zu einem Zopf zusammengeflochten. „Eine sehr alte Münze", sagte der Koch feierlich. „Und die Wollfäden sind von mir und mein Frau und von Zimmer-Kuli und sein Schwester und von Eltern und Brüder von Ofen-Kuli, von uns allen sind die Wollfäden."

Ich bedankte mich sehr. Es war ein merkwürdiges Geschenk – und noch viel merkwürdiger, als ich zuerst dachte. Denn als ich die Münze mit ihrem bunten Wollzopf einem Bekannten zeigte, der seit Jahrzehnten in China lebte, erklärte er mir, was es damit für eine Bewandtnis hatte:

Jeder Wollfaden war eine Stunde des Glücks. Der Koch war zu seinen Freunden gegangen und hatte sie gefragt: „Willst du von dem Glück, das dir für dein Leben vorausbestimmt ist, eine Stunde des Glücks abtreten?"

Und Ofen-Kuli und Zimmer-Kuli und Wäsche-Kuli und ihre Verwandten hatten für mich, für die fremde Europäerin, einen Wollfaden gegeben, als Zeichen, dass sie mir von ihrem eigenen Glück eine Stunde des Glücks schenkten. Es war ein großes Opfer, das sie brachten. Denn wenn sie auch bereit waren, auf eine Stunde ihres Glücks zu meinen Gunsten zu verzichten – es lag nicht in ihrer Macht, zu bestimmen, welche Stunde aus ihrem Leben es sein würde. Das Schicksal würde entscheiden, ob sie Glücksstunden abtraten, in denen ihnen ein reicher Verwandter sein Hab und Gut verschrieben hätte, oder ob es nur eine der vielen Stunden sein würde, in der sie glücklich beim Reiswein saßen;

ob sie die Glücksstunde wegschenkten, in der das Auto, das sie sonst überfahren hätte, noch rechtzeitig bremste – oder die Stunde, in der das junge Mädchen vermählt worden wäre.

Blindlings und doch mit weit offenen Augen machten sie mir, der Fremden, einen Teil ihres Lebens zum Geschenk.

Nun ja, die Chinesen sind abergläubisch. Aber ich habe nie wieder ein Weihnachtsgeschenk bekommen, das sich mit diesem hätte vergleichen lassen.

Von diesem Tag an habe ich mich in China zu Hause gefühlt. Und die Münze mit dem bunten Wollzopf hat mich jahrelang begleitet.

Ich habe sie nicht mehr.

Eines Tages lernte ich jemanden kennen, der war noch übler dran als ich damals in Shanghai. Und da habe ich einen Wollfaden genommen, ihn zu den anderen Fäden geknüpft – und habe die Münze weitergeschenkt.

Ein Stern ist aufgegangen

WEIHNACHTEN LEUCHTET

STERNSCHNUPPEN
Doris Bewernitz

Dem Engel Oskar lässt es einfach keine Ruhe. Warum bekommen gerade die Alten, Kranken und Einsamen viel weniger Geschenke, obwohl sie sie viel dringender nötig hätten? Da hat er eine Idee:

Nach den Feiertagen war Oskar wieder einmal frustriert. Schon seit Jahren dachte er über eine Lösung nach. Es konnte doch nicht sein, dass gerade zu Weihnachten, dem Fest der Liebe, eine solche Ungerechtigkeit herrschte! Seit Oskar Engel war, hatte er nämlich beobachtet, dass diejenigen, die sowieso schon vom Glück begünstigt waren, die gesund waren, von allem genug hatten, im Kreis ihrer Familie oder mit Freunden feierten, auch noch am meisten Geschenke bekamen. Die Alten, Kranken und Einsamen aber, die doch eine Freude viel nötiger brauchten, gingen oft leer aus. Das ließ Oskar keine Ruhe, und er überlegte fieberhaft, wie er das ändern könnte.

Alle Unglücklichen an diesem Abend aufzusuchen, war ihm einfach nicht möglich. Er hatte es versucht. Doch auch die Kraft eines Engels ist begrenzt. Wenn er aber nur zwei oder drei an diesem Abend besuchte, das war doch ein Tropfen auf einen heißen Stein!

Deshalb hatte er es in diesem Jahr anders gemacht. Am Heiligen Abend war er von einem Unglücklichen zum nächsten geflogen, hatte jedoch nur kurz durch ihre Fenster geschaut und ihnen zugewunken. Und dabei war ihm etwas aufgefallen.

Gerade die Unglücklichen hatten scheinbar von allen Menschen am meisten Zeit. Fast alle hatten am Fenster gestanden und in den Himmel geschaut.

Oskar überlegte. Natürlich, diese Menschen warteten. Vielleicht auf ein kleines Wunder. Eine Sternschnuppe vielleicht, an die sie einen Wunsch richten konnten.

Und da kam Oskar eine Idee. Er würde ganz, ganz viele Sterne basteln und sie am Heiligen Abend alle auf einmal vom Himmel fallen lassen, genau für die, die sehnsüchtig und einsam am Fenster standen. Sicher, auch damit würde er nicht alle von ihnen trösten können, aber bestimmt mehr als zwei oder drei.

Beschwingt machte er sich an die Arbeit. Das ganze Jahr über bastelte er Sterne. Große und kleine, weiße und gelbe, goldene und silberne, kunstvolle und einfache. Tag für Tag machte er nichts anderes, und jeden Tag hatte er mehr Freude daran.

Zum nächsten Weihnachtsfest hatte Oskar einen ganzen Sack voller Sterne beisammen. Und als der Heilige Abend herankam und der Himmel sich verdunkelte, da breitete er seine Flügel aus und flog mit seinem Sternensack so hoch er konnte. Dort öffnete er ihn, und ein leuchtender Strom fallender Sterne ergoss sich Richtung Erde.

Auch wenn die Astronomen am nächsten Tag von einer schier außergewöhnlichen Himmelserscheinung sprachen und davon, dass ihre computergesteuerten Fernrohre entgegen aller berechneten

Wahrscheinlichkeiten und Vorhersagen eine noch nie dagewesene Menge Sternschnuppen gesichtet hatten – wir, die wir die Geschichte kennen, wissen es besser. Und wir hoffen mit Oskar, dass viele Unglückliche an diesem Abend aus dem Fenster sahen, im Stillen einen Wunsch aussprachen und sich freuten.

Und solltest du je an einem Heiligen Abend unglücklich sein, dann stelle dich ans Fenster und schaue in den Himmel. Vielleicht fällt ja gerade ein Stern herab, nur für dich.

Manchmal gibt es Wichtigeres im Leben, als eine Straße zu fegen.

Es war einmal eine Frau. Die war gerade dabei, die Straße vor ihrer Haustür zu fegen. Es war schon spät. Die ersten Sterne standen am Himmel. Da kam eine Nachbarin. Sie trug ein Päckchen unter dem Arm. „Hast du den Stern gesehen?", rief sie. „Das Kind ist geboren."

„Welches Kind?", fragte die Frau.

Aber die Nachbarin war so aufgeregt, dass sie die Frage gar nicht hörte. „Ich bringe dem Kind ein Geschenk", sagte sie und zeigte auf das Päckchen. „Willst du nicht mitgehen?"

„Ich bin noch nicht fertig mit Fegen", erwiderte die Frau. „Geh nur einstweilen voraus."

Am nächsten Abend klopfte es an ihrer Tür, als sie gerade beim Plätzchenbacken war. Ein paar Freunde standen draußen.

„Der Stern ist da!", riefen sie. „Er führt uns zu dem Kind. Kommst du mit? Wir wollen es begrüßen."

„Ich muss noch das letzte Blech fertig backen", sagte die Frau. „Geht nur voraus."

Am dritten Tag klopfte es wieder an ihrer Tür. Da war die Frau gerade dabei, einen Schal zu stricken. Leute aus dem Dorf standen draußen.

„Wir gehen zum Kind", sagten sie. „Gehst du mit?"
„Ich muss nur noch den Schal fertig stricken", erklärte die Frau. „Dann komme ich."

Am nächsten Abend war sie bereit. Sie packte
eine Tüte Plätzchen in einen Korb, dazu den Schal
und eine Flasche Wein für den Vater des Kindes,
und machte sich reisefertig. Sie zog ihre dicken
Winterschuhe an, denn sie wusste nicht, wie weit
der Weg war; und den guten blauen Mantel und
den Hut mit der Blume, denn sie wollte das Kind
gebührend begrüßen. So trat sie hinaus vor das
Haus.

Es war eine kalte, klare Nacht. Der Himmel
war voller Sterne. Aber der Weihnachtsstern, der
den Menschen den Weg zum Kind zeigt, war verschwunden. Die Frau suchte und suchte, aber sie
konnte ihn nicht entdecken. Da ging sie traurig
wieder zurück in ihr Haus.

DAS MÄRCHEN VOM WEIHNACHTSSTERN
Isolde Lachmann

Wie aus einem kleinen Stern plötzlich der Weihnachtsstern wird, der Menschen Licht und Hoffnung schenken soll, erzählt diese Geschichte. Doch wird er seiner Aufgabe auch gerecht?

Vor vielen hundert und aberhundert Jahren ging Gottvater wieder einmal, wie es seine Gewohnheit war, durch den glitzernden Sternengarten spazieren, wie ein Gärtner, der nach seinen Schützlingen schaut, und sah mit suchenden Augen umher. Schließlich blieb er vor einem seiner Sterne, der sich in nichts von den anderen Millionen Sternen unterschied, stehen und sprach in feierlichem Ton: „Höre, was ich dir sage, kleiner Stern! Dich ernenne ich zum Weihnachtsstern, weil du die Nächte rund um die Geburt meines Sohnes erhellen und den Menschen auf der Suche nach ihm vorangehen wirst."

Der kleine Stern war aus seiner Bedeutungslosigkeit gerissen. Er war Stern geworden für eine Stunde und eine Zeit, die nur Gottvater wusste, weil er die Zeitgeschichte vor sich hatte, wie man eine Landschaft durchs Fernrohr betrachtet, bis ins kleinste Detail.

So wuchs nun der kleine Stern heran in Erwartung seiner großen Aufgabe, lernte unter all den Sternen die ihm zugedachte Bahn zu ziehen und erwarb mit besonderem Fleiß die Fertigkeit des Funkelns und Glitzerns, um die Menschheit auf die Geburt von Gottes Sohn aufmerksam zu machen.

So gingen viele hundert und aberhundert Jahre dahin. Und eines
Tages vernahm der Stern wieder
die Stimme von Gottvater über sich:
„Mein Sohn wird in einigen hundert Jahren
geboren. Soll die Menschheit dein Licht sehen, so
musst du dich jetzt auf den Weg machen!" Und der
Stern gehorchte.

Wenn Sterne fliegen, so tun sie es nicht wie Vögel oder wie Raumschiffe. Für unsere Augen stehen
sie unveränderlich am Himmel, und doch sieht
man schon nach Verlauf weniger Stunden, dass sie
ihren Standort nicht beibehalten haben. Der Stern
zog also seine Bahn vom fernen Osten der Erde
über das Chin-Reich, über die höchsten Berge der
Welt hinunter an den Ganges, über das Reich der
Parther nach Babylon, über die Siedlungen der Na-
batäer und das Tote Meer ins Herz des Judäischen
Berglands. Dort blieb er senkrecht über einer un-
scheinbaren Behausung stehen und wankte und
wich nicht mehr, denn diese Stelle hatte Gottvater
ihm bezeichnet. Als er über Babylon hinwegge-
zogen war, hatten ihn drei Sterndeuter entdeckt,
und mit fiebrigen Köpfen fanden sie in ihren Weis-
heitsbüchern die Prophetie, dass der Stern mit der
Geburt eines neuen Königs der Juden einherginge.
In aller Eile machten sie ihre Reittiere sattelfertig
und zogen viele Tagesreisen weit hinter dem Stern
her, der ihnen bei Nacht die Richtung angab, bis
sie endlich verstaubt und müde in Jerusalem, der
Königsresidenz der Juden eintrafen. Was dort geschah, hat der Evangelist Matthäus für alle Zeit in
seinem Buch aufgeschrieben. Als der Stern seine

Aufgabe erfüllt hatte, kehrte er an seinen Platz am Himmel zurück.

„Nun", sagte Gottvater gütig, „wie ist es dir auf deiner Reise ergangen, mein Stern?"

„Schlecht", klagte der Stern, „ich habe viel zu wenig stark geleuchtet. Die Menschen haben mich nicht wahrgenommen. Es ist alles so unauffällig abgelaufen wie nur möglich. Und als ich eines Nachts, aber das war hundert Jahre später, über einer Insel im Meer stand und durch ein beleuchtetes Fenster blinzelte, sah ich einen weißbärtigen Mann über seiner Pergamentrolle sitzen und mit zittrigen Fingern den Satz schreiben: „Das Licht leuchtet in der Finsternis, und die Finsternis hat es nicht erfasst."

„So ist es", antwortete Gottvater. „Aber scheint es dir nicht auch, dass damit ein anderes, größeres Licht gemeint ist?"

„O nein", widersprach der Stern bekümmert, „sonst wäre es nicht möglich, dass nur drei, ich wiederhole, drei Menschen meinem Licht gefolgt sind, um die Ankunft deines Sohnes zu feiern."
„Das", lächelte Gottvater, „waren aber auch drei Weise!"

Engel
an deiner Seite

WEIHNACHTEN BEFLÜGELT

VOM VERGESSENEN WEIHNACHTSENGEL
Ulrich Peters

Was machen Engel an Weihnachten? Sie singen das Halleluja, aber damit ist längst nicht alles getan. Diese Geschichte erzählt von einem kleinen Engel, der den Weg zurück in den Himmel nicht findet – dafür aber eine ganz neue Aufgabe:

Weihnachtsengel gibt es ohne Zahl, unübersehbar und überall – kleine und große, dicke und dünne, goldene und strahlend weiße, lustige, lachende und solche, die sehr, sehr ernst dreinblicken. Es ist, als ob sie geradewegs aus Betlehem in unsere Welt gewandert wären. In den Auslagen der Geschäfte sehen sie uns an. Wir begegnen ihnen in der Weihnachtsdekoration an allen möglichen und unmöglichen Orten. Meine Familie sammelt Weihnachtsengel. Alle Jahre wieder zieht ein beständig wachsendes buntes Völkchen für einige der schönsten Wochen in unser Wohnzimmer und nimmt seinen angestammten Platz auf dem alten Schrank ein.

Würden wir die Engel vergessen, es wäre nicht wirklich Weihnachten – und was für die Engel auf unserem alten Wohnzimmerschrank gilt, galt nicht weniger für einen anderen kleinen Kerl.

Eigentlich war er nur ein ganz gewöhnlicher kleiner Engel. Einverstanden, ganz gewöhnlich vielleicht nicht, denn er war ausgewählt worden: Zusammen mit einigen anderen Engeln durfte er bei der Geburt Jesu dabei sein. Damit hatte er selbst am allerwenigsten gerechnet. Er hatte ja kaum genügend Zeit gehabt, sich im Himmel einzuleben.

Aber die Aussicht, schon bald wieder einen Fuß auf die geliebte alte Mutter Erde setzen zu dürfen, erfüllte den kleinen Kerl mit großem Glück.

Der Himmel war schön, sehr schön sogar. Es fehlte ihm hier an nichts. Außer vielleicht ... na ja, wenn er ehrlich war, fehlten ihm seine Freunde und Spielkameraden, der Geruch von Erde, das Gefühl warmen Sonnenlichts auf seiner Haut, der erfrischende Regen und kühlende Schnee, ein kräftiger Wind, der einem um die Nase weht, der Geschmack, Süßes, Saures, Salziges ... Kurzum: Der kleine Kerl konnte es kaum erwarten, wieder auf die Erde zu kommen.

Wann immer sich der himmlische Chor traf, um für den großen Tag zu proben – der kleine Engel war als erster da. Voll gespannter Vorfreude sang er klarer und heller als alle anderen. Keiner war so eifrig, wenn es darum ging, die himmlischen Instrumente zu putzen und für den großen Tag auf Hochglanz zu polieren.

Dann war es endlich soweit. Zur Mitte der Nacht öffnete sich der Himmel, und Maria brachte den kleinen Jesus als ein ganz normales Kind zur Welt. Die Menschen, die dafür aufmerksam waren, hörten die Engel singen – und das kommt nicht sehr häufig vor. Wie genoss der kleine Engel diese unvergleichlich festlich leuchtende Nacht. Ein Glanz ging von der jungen Familie aus, wie er ihn bislang nur ein einziges Mal gesehen hatte – in dem Moment nämlich, als sich die Tür zu Gottes Thronsaal geöffnet hatte und der große Engel feierlich hervortrat, um ihnen davon zu berichten, dass Gott beschlossen hatte, Mensch zu werden.

Es war ein warmer, golden glühender Glanz wie Sonnenschein und Sternenlicht und flackerte fröhlich wie eine tausendfach funkelnde Flamme. Das Licht war zwischen den Türritzen hervorgekrochen, hatte den großen Engel erfasst und tauchte alles um ihn herum in einen geheimnisvoll schimmernden Schein. Was mochte das für ein Licht sein? Während sich der kleine Engel noch danach fragte, raunte ein anderer Engel, der dabei stand und seinen fragenden Blick wohl verstanden hatte: „Es ist das Lebenslicht. ER selbst hat es entzündet."

„Aber womit", flüsterte der kleine Kerl zurück, „womit entzündet man das Lebenslicht?"

„Mit Liebe. Nur Liebe bringt das Lebenslicht zum Leuchten."

Genau dieses Licht leuchtete jetzt von der jungen Familie her. Der kleine Engel konnte alles ganz genau sehen. Weil er noch so klein war, durfte er vorne in der ersten Reihe gleich bei dem Neugeborenen sein. Er war so angerührt und aufgeregt, dass er wohl fast vergessen hätte, mitzusingen, wenn ihn nicht ein anderer kleiner Kamerad kräftig in die Seite geknufft und zum Mitsingen aufgefordert hätte. Dann aber erhob er sein glockenreines Stimmchen und fiel voll Fröhlichkeit ein. Er sang, dass er alles um sich herum vergaß und nur noch Lied und Lob und Liebe war.

Als er ausgesungen hatte und sein Lied verklang, kehrte er in Gedanken langsam an den Ort zurück und nahm seine Umgebung wieder wahr. Das Kind schlief tief und fest im Arm der Mutter, und die erschöpften, glücklichen Eltern schauten schläfrig und versonnen in seine Richtung. Sehen konnten sie den kleinen Kerl nicht, das wusste er. Engel sind für menschliche Augen unsichtbar. Man kann sie nur mit dem Herzen spüren oder an ihren Wirkungen erkennen.

Aber in der Zwischenzeit hatte sich – vom kleinen Engel zunächst unbemerkt – etwas verändert. Es war still geworden im Stall, so still, dass man Ochs und Esel schnaufen hören konnte. Aber wo um alles in der Welt waren die Engel geblieben?

Der kleine Engel begann, sich ein wenig zu fürchten. Doch, das geht. Auch Engel können ängstlich werden, wenn sie sich von den anderen guten Geistern verlassen fühlen. Ob er sich nun zu sehr vom Lobgesang hatte ergreifen und hinreißen lassen – jedenfalls hatte er offenbar den Moment verpasst, an dem die anderen Engel wieder in den Himmel aufgestiegen waren. Ihm wurde abwechselnd heiß und kalt.

Wie konnte er nur in den Himmel zurückkehren zu den anderen Engeln? Wo war der Himmel überhaupt, und wenn er ihn je finden würde: Wie öffnete man die Himmelstür? Fragen über Fragen. Wie klein er sich gegenüber diesen großen Fragen fühlte. Er musste sich auf einen Stein setzen, denn es wurde ihm schwindelig.

So geschah es, dass in jener wundersamen Nacht nicht nur Gott selbst zur Welt kam, sondern auch ein verzweifelter und vergessener kleiner En-

gel – unsichtbar für die Menschen, die das Wunder erlebt hatten, und unsicher darüber, was er nun anfangen sollte und ob er je den Weg zurück in den Himmel zu finden vermochte.

Ein gnädiger Schlaf umfing seine trübsinnigen Grübeleien wie ein wärmender Mantel, und er nickte ein. Träumend erlebte er wieder und wieder den großen Moment, das funkelnde Licht, die himmlische Musik von seinesgleichen und die Geburt, in der – ja, warum hatte er das nicht gleich verstanden? – die Geburt, die den Himmel auf die Erde gebracht hatte. Sollte es am Ende so einfach sein, fragte er sich, während er erwachte, weil plötzlich eine unerklärliche Unruhe um ihn herum herrschte.

„Wenn es stimmt, dass mit Jesus der Himmel auf die Erde gekommen ist", sagte er zu sich selbst, „brauche ich ja nur bei der Familie zu bleiben. Dann werde ich den Himmel schon finden."

Aber es blieb ihm in dieser ganz eigenartigen Nacht wiederum nicht viel Zeit und schon gar keine Ruhe zum Nachdenken. Josef kramte hastig Hab und Gut seiner Lieben zusammen. Ihm sei im Traum ein Engel erschienen. Sie müssten fliehen. Herodes, der König, trachte dem Kind nach dem Leben und wolle es töten lassen. Kaum hatte er das erklärt, setzte er Maria mit dem Kind schon auf den Esel, griff nach der alten Laterne und zog mit seiner Familie eilig los. Der kleine Engel mochte nicht ein zweites Mal in dieser Nacht zurückgelassen und vergessen werden. So nahm er seine kleinen Beine unter die Flügel und folgte Josef und Maria und dem Kind in die frostige und finstere Nacht.

Ob es nun daran lag, dass alles so plötzlich und unerwartet geschah und er noch so schläfrig war, oder daran, dass Josef nicht wusste, dass sich ein kleiner unerkannter Engel in seiner Reisegesellschaft befand, auf den er deshalb auch keine Rücksicht nehmen konnte: Der kleine Engel verlor den Anschluss an die flüchtende Familie. Abermals blieb er in dieser Nacht zurück – hoffnungslos verlassen in einer kalten Welt, auf die er sich so gefreut hatte, die ihm nun aber fremd und feindselig vorkam.

Nie war eine Nacht schwärzer, nie waren die Gedanken eines kleinen Engels dunkler und nie eine Sehnsucht aussichtsloser. Völlig entmutigt trottete er traurig und trübsinnig ohne Sinn und Ziel in die Nacht hinein – besorgt, nie wieder nach Hause zu finden und auf immer verloren und vergessen zu sein.

Aber ein Herz, das von Trauer erfüllt wird, kann darüber auch empfindsamer werden. Vielleicht lag es daran, dass der kleine Engel besonders aufmerksam war für die Menschen, denen er im Lauf seiner Reise durch die Nacht begegnete: Die einsame Alte, die keinen Schlaf fand, weil sie um ihren verstorbenen Mann trauerte. Der verzweifelte Mann ohne ein Dach über dem Kopf. Er war unter der Last seines Lebens zusammengebrochen und hatte begonnen, seinen Kummer zu betäuben und in Alkohol zu ertränken. Jetzt blieb ihm nichts mehr – außer der Scham über sich selbst, die er wiederum zu betäuben und in Alkohol zu ertränken versuchte. Die Kinder, die heiße Tränen in ihre kleinen kalten Kissen weinten, weil ihre Familien zerbrochen waren und sie sich hin- und hergerissen zwischen

Vater und Mutter nach einem Zuhause sehnten. Fassungslose Eltern an den Gräbern ihrer Kinder. Der alte Mensch, der sich selbst vergessen hatte und nicht mehr wusste, wer er war. Die verzweifelte Frau, die im Begriff war, sich das Leben zu nehmen. Der Kranke, der sich vor dem nahenden Tod fürchtete. Der Priester, der nicht mehr an Gott glauben konnte. Der Komponist, dem nichts mehr einfiel und der wie gelähmt auf das leere Notenblatt auf seinem Klavier starrte. Der Clown, über den längst keiner mehr lachte. Der Soldat, dessen schreckliche Erinnerungen an den Krieg ihn von innen her zerfraßen. Das kleine Mädchen mit der großen Angst, das nicht mehr essen mochte. Alle Widrigkeiten und alles Elend der Welt schienen sich dem kleinen Engel in den Weg zu stellen.

Die Menschen rührten ihn. Ihm war, als ob sie alles Leben verloren hatten und nur noch Schatten ihrer selbst waren. Aber was sollte er allein dagegen schon ausrichten können? Außerdem musste er den Weg zurück in den Himmel finden. Warum sich also aufhalten? Aber je mehr Leid ihm begegnete, desto deutlicher bemerkte der vergessene kleine Engel auch, dass er mit dem Elend all dieser Hoffnungslosen und Verlassenen irgendwie und auf geheimnisvolle Weise verbunden war.

Was für eine seltsame Nacht: Das Licht, die Geburt und der Gesang. Wie lange war das her? Erst wenige Stunden? Er konnte es kaum glauben. Es schien ihm wie eine Ewigkeit und beinahe so unwirklich wie ein Traum. Fast zu schön, um wahr zu sein. Dann die Finsternis, die Flucht, die Not, die Schatten der Nacht – zu wahr, um schön zu sein.

Und er mittendrin, als ob es an ihm liege, das eine zum anderen zu bringen, Licht in die Nacht und die Nacht zum Licht. Vielleicht war er gar nicht vergessen worden. Vielleicht hatte er etwas besessen und trug es noch bei sich, eine Antwort, eine Einsicht nur, die hier weiterhalf?

Da dämmerte es ihm, und er dachte an das Lebenslicht zurück und an das, was ihm der Engel darüber berichtet hatte: Die Liebe, nur die Liebe entzündet das Lebenslicht.

So kam es, dass ein kleiner Engel in jener seltsamen Nacht begann, sich der großen Not der Welt anzunehmen. Er tröstete, half und heilte, so gut er das vermochte. Aber es war eine riesengroße Aufgabe für einen kleinen Engel. Er kam nur sehr langsam voran, und kaum hatte er eine Not gelindert, sah er sich zwei neuen Nöten gegenüber. Er allein war zu wenig. Auch glaubte er schon bald, dass seine Hilfe nicht handfest genug sei. Also schlich er sich in die Herzen der Menschen, um sie weicher und weiter zu machen, damit sie ihm bei seiner Hilfe halfen.

Und wirklich, es gelang. Je mehr Menschen er gewann, desto heller wurde die Nacht. Diejenigen aber, die Hilfe durch ihn erfuhren, wunderten sich nicht wenig. Denn es geschah ausgerechnet in ihrer höchsten Not, als das Leben seine tiefsten Schatten auf sie geworfen hatte. Der kleine Engel aber ahnte, was vor sich ging: „Ich habe den Himmel gesucht", sagte er zu sich selbst. „Jetzt glaube ich, dass er mich unterdessen längst gefunden hat. Der Himmel ist kein Ort. Er ist da, wo wir über uns hinauswachsen und mit Liebe für andere einstehen. Überall da wird das Lebenslicht entzündet. Überall da kommt Gott zur Welt."

Seit diesen fernen Tagen wissen wir Menschen, warum ein Weihnachten, an dem wir die Engel vergessen, nicht wirklich Weihnachten ist. Wir spüren, dass unsere Herzen weicher und weiter werden und dass Schatten auch ihre lichten Seiten haben.

Und wenn uns im Dunkel unserer Tage ein anderer helfend zur Seite tritt, sagen wir lächelnd und dankbar: „Du bist ein Engel."

VON EINEM FREUND, DESSEN NAMEN ICH NICHT KENNE

Ingrid Bachér

Es müssen nicht immer Männer mit Flügeln sein. Engel sind uns oft näher, als wir glauben:

Schon lange, wenn ich Berichte über das Leben bekannter Leute lese, möchte ich etwas schreiben über einen Freund, dessen Namen ich nicht kenne und der auch nicht berühmt ist, wenigstens meistens nicht. Ich treffe ihn immer unvermutet und erkenne ihn sofort wieder. Er war der Mann, der mir, als ich Kind war, den Ball über die Schulhofmauer zurückwarf, wenn ich übers Ziel hinausgeschossen hatte, und der am Strand sagte: „Natürlich kannst du schwimmen!" und mich an der Badehose festhielt, bis ich mich endlich traute, allein zu schwimmen.

Neulich saß er im Auto und hielt, damit ich über die Straße gehen konnte, und lachte mir dabei freundschaftlich zu, so dass ich für mindestens den halben Tag guter Laune war. Und natürlich ist er es auch, dem ich, wenn ich unterwegs bin, mit der Lichthupe ein Signal gebe, um ihn auf eine Radarfalle aufmerksam zu machen, wenn er mir in seinem Auto entgegenkommt.

Als ich noch nicht lange in einer für mich fremden Großstadt wohnte, sah ich eines Tages in einem Geschäft ein Bild, das ich meinte, schon lange gesucht zu haben, und es war mir sehr wichtig, es zu besitzen. Ich hätte es gerne in meinem Zimmer gehabt und es jeden Tag angeschaut, doch

hatte ich selten Geld und kannte auch den Händler nicht, dem das Geschäft gehörte. So sagte ich zu ihm: „Bitte, können Sie mir das Bild eine Zeitlang zurücklegen? Ich habe jetzt gar kein Geld, aber ich werde, wenn ich wieder etwas bekomme, sehr sparen, und alles, was ich übrighabe, werde ich Ihnen bringen. So zahl' ich nach und nach das Bild ab, bis ich es mir holen kann." Ich war verlegen, ich dachte, der Händler geht nie und nimmer auf den Vorschlag ein, doch dann erkannte ich, als ich ihn ansah, dass er mein Freund war, jener, der immer wieder auftaucht. „Nehmen Sie das Bild nur mit", sagte er, „ja, auch ohne Anzahlung, da es Ihnen wichtig ist. Bringen Sie mir das Geld, wenn es Ihnen möglich ist." Er schrieb sich nicht meinen Namen und meine Adresse auf, er sagte nicht mal: „Ich vertraue Ihnen!" Er gab mir das Bild einfach mit; es war ein Kupferstich von Piranesi und ziemlich teuer.

„Vielen Dank", sagte ich und nahm es an, und es blieb ein Geschenk für mich, auch dann noch, als ich es vollständig abbezahlt hatte.

Einmal sprach er mich an, als ich abends noch einmal auf die Straße hinunterging, um Zigaretten zu holen. Er sagte, er müsse nur mal mit jemandem reden, er hätte drei Tage mit niemandem geredet und er hielte es einfach nicht mehr aus. Er sprach ein fehlerfreies Deutsch, man hörte nur an der Betonung, dass er Ausländer war. Ich war froh, dass er mal etwas von mir wünschte, dass ich ihm nützlich sein konnte, indem ich ihm dann die halbe Nacht in meiner Wohnung zuhörte. Als er sich alles vom Herzen geredet hatte, bedankte er sich und ging fort und kam nicht wieder. Doch traf ich ihn gestern, als ich aus dem Kino kam und es so heftig regnete. Er nahm mich mit unter seinen Schirm, selbstverständlich und wortlos, und verschwand erst beim U-Bahn-Eingang, als ich im Trockenen war.

Ein andermal hörte ich ihn im kräftigen niederrheinischen Dialekt mit einem jungen Mann sprechen, der völlig betrunken an der morastigen Böschung einer neugebauten Straße lag. Er hatte ihn im Vorbeifahren entdeckt, stoppte den Wagen und ging zu ihm. Nun hielt er den Kopf des Ohnmächtigen hoch, damit er nicht erstickte, wenn er sich erbracht, mit dem Gesicht in der weichen Erde liegend.

„So kannst du doch nicht liegenbleiben, in dem fiesen Modder doch nicht. So wach doch auf, Mensch", sagte er und versuchte dabei, den Jungen zu wecken, während aus den angrenzenden sorglich umzäunten Gärten einige Leute ihm neugierig und ohne Bewegung zusahen. Zusammen trugen wir den Betrunkenen ins Auto, um ihn ins Krankenhaus zu fahren.

Je länger ich nun von ihm erzähle, umso mehr Geschichten fallen mir ein, wo und wann ich ihn traf. Jeder hat solch einen Freund, es ist der andere, der Unbekannte, der unerwartet neben dir ist und sich bemerkbar macht. Er sieht nicht immer gleich aus, kann mal ein Mann, mal eine Frau sein. Manchmal bin ich erstaunt, wie alt er ist – und dann ist er wieder ein Kind. So, wie heute Morgen, als ich missmutig verschlafen der Straßenbahn nachlief und sie nicht mehr erreichte. Da stand er neben mir, mit seiner Schultasche, sah wie ich der Bahn nach und sagte: „Ich verpasse sie auch immer!" und wir lachten, als sei es wirklich nur ein Spaß, morgens, im hellen Frühlicht, einer Straßenbahn nachzusehen, wie sie scheppernd um die Kurve davonfährt.

DER ENGEL, DER NICHT FLIEGEN KONNTE
Christa Spilling-Nöker

Nur weil man sich Engel mit Flügeln vorstellt, heißt das nicht, dass sie automatisch fliegen können. Kurz vor Weihnachten bringt das einen jungen Engel ganz schön durcheinander.

Zu dumm, wenn man als Engel Probleme mit seinen Flügeln hat. Wie soll einem da zu Weihnachten der Weg nach Bethlehem gelingen?

So war es vor einigen Ewigkeiten einem jungen Engel ergangen, der ganz neu zu den himmlischen Heerscharen gekommen war. Er tat sich von Anfang an in vielerlei Hinsicht schwer mit dem Leben als Engel, doch er kam, so merkwürdig es auch für die himmlische Welt klingen mag, vor allem mit seinen Flügeln nicht zurecht. Anfangs drückten sie ihn, dann juckte es ihn gerade an den Stellen, an denen sie ihm gewachsen waren, am Rücken, ohne dass es ihm möglich war, sich zur Erleichterung ein wenig zu kratzen. Vor allem mit dem Fliegen tat er sich schwer. Sosehr er sich auch bemühte, es wollte ihm einfach nicht gelingen, sich mehr als ein paar Meter hoch von einer Wolke abzuheben. Zu groß war die Angst, nach wenigen Sekunden ungeschickt wieder abzustürzen, wie er es nach seinen ersten Flugversuchen mehrmals erlebt hatte. Am liebsten wäre er diese lästigen Dinger an seinem Rücken wieder losgeworden. Äußerungen in dieser Richtung stießen allerdings bei seinen Mitengeln auf herbe Kritik. „Zu einem Engel gehören nun einmal die Flügel dazu", meinten die anderen.

„Aber wozu denn?", fragte der Neue leicht bockig. „Von Liebe und Frieden singen und Gott loben kann ich doch schließlich auch ohne diese Wedel dahinten dran."

„Was sind denn das für Ausdrücke!", mahnte ihn einer der Oberengel aufgebracht, dem es oblag, die Kleinen in die Ordnungen des himmlischen Gemeinschaftslebens einzuführen. Er holte tief Luft und fügte dann in ruhigem Tonfall hinzu: „Die Flügel brauchen wir, um uns leise und leicht in engelsamer Geschwindigkeit von einem Ort zum anderen zu bewegen. Wir werden oft ganz schnell an weit entfernten Orten gebraucht und könnten nicht helfend eingreifen, wenn wir uns mühsam und schwerfällig auf Füßen bewegen würden – wie die Menschen auf der Erde."

Der Kleine nickte resigniert. Die Antwort des Oberengels leuchtete ihm ein. Dennoch fühlte er sich irgendwie fehl am Platze. Aber er wollte es nicht an seinem guten Willen fehlen lassen. Jeden Tag erprobte er sich in neuen Flugversuchen. Doch die Angst, zu versagen und von den anderen nicht als richtiger Engel anerkannt zu werden, lähmte ihn. Sooft er auch zum Fliegen anhob, immer wieder stürzte er ab, bis er seine Anstrengungen eines Tages völlig aufgab.

Zu dieser Zeit kümmerte es auch keinen der Engel mehr, wie es um ihn stand. Alle waren unablässig damit beschäftigt, sich auf die Geburt von Gottes Sohn vorzubereiten, die in wenigen Wochen auf der Erde in einem völlig unbedeutenden Ort namens Betlehem stattfinden sollte. Wenigstens fiel er im Engelchor nicht unangenehm auf. Er sang das „Gloria in excelsis Deo" so klar und rein, dass er zumindest hier als richtiger Engel anerkannt wurde.

Endlich kam der Tag, an dem das wunderbare Ereignis stattfinden sollte. Aufgeregt flatterten alle Engel hin und her, suchten ihre Liedblätter zusammen, stimmten ihre Harfen und Posaunen und machten sich bereit für den gemeinsamen Flug gen Israel. „Nun komm schon!", rief der Oberengel dem Kleinen zu. „Du wirst doch diese einmalige Stunde in der Weltgeschichte nicht versäumen wollen?" Mühsam versuchte der junge Engel, seine Flügel zu bewegen, aber auch dieser erste Versuch seit langer Zeit misslang kläglich.

„Dann musst du eben hier oben bleiben!", riefen die anderen einmütig im Chor. „Wir müssen jetzt los." Traurig nickte der kleine Engel und verharrte, als sich die anderen alle hoch in die Lüfte aufschwangen, einsam und verlassen auf seiner Wolke.

Wer je behauptet haben mag, dass Engel keine Tränen kennen, wurde in diesem Augenblick Lügen gestraft. Der junge Engel schluchzte so tief, dass sogar sein Heiligenschein Gefahr lief, aufgrund der seelischen Erschütterungen von seinem Kopf zu fallen.

Doch die Tränen versiegten, und der junge Engel war zu neugierig, um nicht doch einen Blick auf die Erde zu werfen, just dahin, wo die anderen gerade das Wunder des göttlichen Geheimnisses prie-

sen. „Halleluja", sangen sie aus voller Kehle und danach das „Ave Maria", das er so oft mit ihnen zusammen geübt hatte. Dann aber verhießen ihre Stimmen, dass nun durch die Geburt des Heilands alle Leiden und Schmerzen überwunden würden und jede zerrissene Seele heil werden könne. Niemand müsse sich mehr fürchten oder Angst davor haben, zu versagen oder angeblich nichts wert zu sein. Das Wunder von Weihnachten bedeute, dass niemand nach seinen Leistungen bewertet werden dürfe, sondern dass sich jeder in aller Freiheit zu dem entfalten könne, der er ist.

Diese Töne trafen den kleinen Engel mitten ins Herz. Wenn diese Worte nicht nur den Menschen auf der Erde, sondern auch ihm gelten würden, dann bräuchte er sich seiner Unfähigkeit beim Fliegen nicht länger zu schämen. Demnach gab es in dieser neuen Welt keine Unterscheidung mehr zwischen Könnern und Versagern. Dann hatte jeder ein Recht darauf, er selbst zu sein, mit all seinen Begabungen, aber zugleich auch mit seinen Fehlern und Schwächen. Dann musste er sich nicht länger davor fürchten, von den anderen belächelt, verachtet oder gar aus dem Kreis der Engel ausgestoßen zu werden.

Ein unglaubliches Glücksgefühl durchfuhr ihn. Er war innerlich so beschwingt, dass er ganz unmerklich seine Flügel bewegte und sie vor Begeisterung über das, was er gehört hatte, derart kraftvoll bewegte, dass er sich – das erste Mal in seinem Engeldasein – weit in die Lüfte erhob. „Halleluja", sang er aus vollem Herzen und eilte mit mächtigen Flügelschlägen hin zu dem Ort, an dem sich das Wunder des Heils ereignet hatte. Unmerklich mischte er sich unter die jubelnde Engelschar. Als diese das große „Gloria in excelsis Deo" anstimmte, war er es, der das Wunder von Weihnachten am lautesten pries.

DER MANTEL
Renate Schley

Manchmal sieht man keinen Ausweg mehr und trifft eine folgenschwere Entscheidung. Doch dann passiert etwas Unvorhergesehenes:

Jakob Kempowski ist achtundvierzig, unverheiratet und nicht viel in der Welt herumgekommen. Allerdings hat das auch keiner je von ihm erwartet. Dass er in der Nacht vom zehnten auf den elften November auf einer Brücke hoch über der Stadt steht, entschlossen, eine Viertelstunde vor Mitternacht zu springen, mag deshalb umso mehr überraschen, denn vor allem ist Jakob immer ein ziemlich ängstlicher Mensch gewesen. – Jedoch, er hat es endgültig beschlossen. Um 23.45 Uhr springt er. Er wird keine Lücke und erst recht keinen Menschen hinterlassen, der ihn vermisst nach diesem Sprung in einen Fluss, der sich tief unter ihm durch die Nacht wälzt. – Nein, es gibt längst keinen besonderen Grund mehr für Jakobs Entscheidung. Vor ein paar Jahren, da wäre es vielleicht zu verstehen gewesen, damals, als Anna einfach so aus seinem Leben wegging. Sie sagte es ihm beim Fernsehen, nach einem Tag an der Stanzmaschine so wie heute. Erst hatte sie mit ganz normaler Stimme „Gib doch mal die Fernbedienung rüber", gesagt und im nächsten Augenblick „Jakob, ich geh weg von dir", mit genau der gleichen Stimme, und kein einziges böses Wort war zwischen ihnen gefallen. Sie standen nur plötzlich am Ende eines Weges, den sie kurze Zeit gemeinsam gegangen waren, und irgendwann hatte leise eine Tür geklappt und Jakob war wieder alleine.

Seitdem klafft in seinem Inneren ein Loch aus quälendem Unbehagen, ein Riss geht quer durch sein Wohlbefinden, ein Riss, der sich immer weiter vorwärts frisst und zusehends breiter wird. Er hat begriffen, dass dieses Jahr genauso ist wie das vorige und das Jahr davor und das Jahr davor. Sein Leben ist ihm lästig, es reicht gerade aus, um einen Schuhkarton zu füllen, und wenn er anfängt, darin nach einem Sinn zu suchen, dann kann er den nirgendwo finden. Er sagt sich, ein Mensch sollte nicht an der Monotonie des Seins kränkeln, doch genau das tut er seit einiger Zeit. Er kommt nicht daran um, aber er kränkelt, und weil das ein stetes Gefühl ist, eines, das ihn gar nicht mehr verlässt, leise und dennoch nicht länger zu überhören, will er um viertel vor Zwölf von der Brücke springen.

Um halb zwölf kommt unerwartet ein Wind auf, der in keiner Wettervorhersage für diese Nacht erwähnt worden ist. Da und dort wirbeln die ersten durchsichtigen Schneewolken heran, federleicht und zart fliegt es durch die Dunkelheit, die nun so finster gar nicht mehr ist. Mag der Himmel wissen, woher die Helligkeit auf einmal kommt, wahrscheinlich liegt's am Schnee, der Jakob jetzt ins Gesicht weht und sich auf seinen Mantelkragen legt. Er kann die Feuchtigkeit schon fühlen, ihm wird kalt. Als er sich schließlich einmal halb umwendet, um den Schnee abzuklopfen, entdeckt er jemand, der rasch die Brücke herauf kommt.

Jakob hat mit niemandem gerechnet, nicht zu dieser Zeit, an diesem Ort. Der andere hat ihn nun auch gesehen und ruft schon von Weitem: „Meine Güte, was für ein Wetter! Hätte ich das gewusst, wäre ich gar nicht losgegangen!" Er kommt näher, und mit jedem Schritt, den er auf Jakob zu macht, verstärkt sich der Wirbel der Schneeflocken, die dick und weich sind.

„Jetzt bin ich aber aus der Puste", sagt der Mann und bleibt vor Jakob stehen. Er lacht dabei und fügt dann mit einem kleinen Zögern hinzu: „Ich sehe, Sie rauchen. Sie hätten nicht zufällig –?"

„Eine Zigarette übrig?" Jakob greift bereits in seine Manteltasche.

Der andere ist etwas verlegen. „Ich hab's mir ja eigentlich längst abgewöhnt, aber manchmal ... Es gibt so Situationen im Leben ... Sie kennen das vielleicht auch ..." Jakob nickt. Ja, er kennt das, bedeutet dieses Nicken, und dann gelingt es ihm irgendwie, dem Mann für die Zigarette Feuer zu geben, wozu sie sich beide dicht zueinander stellen, damit das Streichholz nicht im Schneetreiben erlischt.

„Ich komme immer am zehnten November auf diese Brücke", sagt der Mann dann. „Hab so meine Erinnerungen ... Mir ging es mal ziemlich schlecht. Kennen sie das Gefühl, wenn man meint, älter zu sein als die Welt, und das eigene Leben hat einem die Tür vor der Nase zugeschlagen und steht davor und lacht sich ins Fäustchen? Da kommt man irgendwann an einen Punkt ..."

„Ja", sagt Jakob.

„Mein Inneres war wie verrostet", sagt der Mann. „Nichts ging mehr.

Es gab auch nichts, was mich hielt. Ich war immerzu und bei allem andauernd nur – draußen."

„Ja", sagt Jakob wieder. Und dann: „Sie sehen ja total verfroren aus. Kommen Sie, nehmen Sie meinen Mantel."

Der Mann wirft ihm von der Seite einen erschrockenen Blick zu. „Ich – Ihren Mantel? Nein, nein, das geht nicht. Natürlich, wärmer wär's schon. Aber ich Ihren Mantel ... Das geht nicht. Das kann ich nicht. Wissen Sie was, wir teilen uns das gute Stück. Wir passen beide drunter. Ja, so geht es. Wir legen ihn uns um die Schultern. Ja, das ist wärmer. Richtig schön warm. Spüren Sie es auch? Aber wir können hier nicht stehen bleiben. Wir holen uns ja beide den Tod."

„Ja", seufzt Jakob mit einem Blick über das Brückengeländer hinweg, dorthin, wo der Schnee schräg durch die Straßen weht und mit jedem Windstoß zu einem noch etwas kräftigeren Gestöber wird.

„Haben Sie etwas Zeit?", will da der Mann wissen. „Wenn Sie Zeit haben, können wir zusammen einen Kaffee trinken. Kennen Sie das Bistro hier ganz in der Nähe? Das ist rund um die Uhr geöffnet, da kann man gut sitzen und reden und keiner stört einen. Jedenfalls nicht um diese Uhrzeit. Kommen Sie?"

„Ja", antwortet Jakob und zögert nicht einmal, und dann laufen sie die Brücke hinunter, und hinter ihnen verweht der Wind ihre Fußspuren.

Als eine Kirchenuhr zwölfmal schlägt, ist die Brücke leer. Das Schneetreiben hört allmählich auf. Aus dem Bistro weht den beiden Männern der Duft von frisch gemahlenem Kaffee entgegen. Jakob muss unwillkürlich an einen Platz an einem warmen Ofen denken. Die Männer sitzen im Bistro, nicht weit von der Brücke, an der Jakob sich vorhin noch ins Wasser stürzen wollte, und trinken Kaffee. Den Mantel haben sie zum Trocknen auf die Heizung gelegt. Der Mann sieht Jakob mit einem kleinen Lächeln an und stellt dann eine gänzlich unerwartete Frage: „Glauben Sie, es gibt Engel?" Darauf hat Jakob keine schlüssige Antwort: „Also, ich weiß nicht ..."

„Ich wusste es auch nicht, das dürfen Sie mir glauben. Aber seitdem ich vor vielen Jahren da oben auf der Brücke gestanden habe und einfach nur noch weg von allem wollte, also, da ist mir was passiert ... Ich erzähl's eigentlich sonst nicht so gerne, aber irgendwie ist das bei Ihnen was anderes ... Doch vielleicht sollte ich überhaupt erst einmal Sie erzählen lassen."

„Ja", hört Jakob sich da zu seinem eigenen großen Erstaunen sagen. Und er sagt es auch jetzt ohne zu zögern. Und ehe er anfängt zu reden, da streift ihn die Erkenntnis wie mit einem mächtigen Flügel, nämlich, dass das Leben die meiste Zeit ereignislos sein mag, manchmal vielleicht sogar fade. – Doch es hat eben auch solche Augenblicke. Einen Menschen gegenüber, der zuhört, eine Tasse heißen Kaffee vor sich und einen sternklaren Nachthimmel über sich.

Der Mann lässt Jakob Zeit. „Erzählen Sie's mir", lädt er ihn schließlich ein. „Sagen Sie mir, wie alles gekommen ist. Warum Sie da oben standen, so wie ich vor vielen Jahren ..."

Und Jakob fängt an zu reden.

Das findet, wer Weihnachten sucht

WEIHNACHTEN VERWANDELT

Max Bolliger

Weihnachten hat die Kraft, alles zu verändern:

Es war einmal ein Mann. Er besaß ein Haus, einen Ochsen, eine Kuh, einen Esel und eine Schafherde. Der Junge, der die Schafe hütete, besaß einen kleinen Hund, einen Rock aus Wolle, einen Hirtenstab und eine Hirtenlampe.

Auf der Erde lag Schnee. Es war kalt, und der Junge fror. Auch der Rock aus Wolle schützte ihn nicht. „Kann ich mich in deinem Haus wärmen?", bat der Junge den Mann.

„Ich kann die Wärme nicht teilen. Das Holz ist teuer", sagte der Mann und ließ den Jungen in der Kälte stehen.

Da sah der Junge einen großen Stern am Himmel. „Was ist das für ein Stern?", dachte er.

Er nahm seinen Hirtenstab, seine Hirtenlampe und machte sich auf den Weg.

„Ohne den Jungen bleibe ich nicht hier", sagte der kleine Hund und folgte seinen Spuren. „Ohne den Hund bleiben wir nicht hier", sagten die Schafe und folgten seinen Spuren. „Ohne die Schafe bleibe ich nicht hier", sagte der Esel und folgte ihren Spuren. „Ohne den Esel bleibe ich nicht hier", sagte die Kuh und folgte seinen Spuren. „Ohne die Kuh bleibe ich nicht hier", sagte der Ochse und folgte ihren Spuren.

„Es ist auf einmal so still", dachte der Mann, der hinter seinem Ofen saß. Er rief nach dem Jungen, aber er bekam keine Antwort.

Er ging in den Stall, aber der Stall war leer. Er schaute in den Hof hinaus, aber die Schafe waren nicht mehr da. „Der Junge ist geflohen und hat alle meine Tiere gestohlen", schrie der Mann, als er im Schnee die vielen Spuren entdeckte.

Doch kaum hatte der Mann die Verfolgung aufgenommen, fing es an zu schneien. Es schneite dicke Flocken. Sie deckten die Spuren zu. Dann erhob sich ein Sturm, kroch dem Mann unter die Kleider und biss ihn in die Haut. Bald wusste er nicht mehr, wohin er sich wenden sollte. Der Mann versank immer tiefer im Schnee. „Ich kann nicht mehr!", stöhnte er und rief um Hilfe.

Da legte sich der Sturm. Es hörte auf zu schneien, und der Mann sah einen großen Stern am Himmel. „Was ist das für ein Stern?", dachte er. Der Stern stand über einem Stall, mitten auf dem Feld. Durch ein kleines Fenster drang das Licht ei-

ner Hirtenlampe. Der Mann ging darauf zu. Als er die Tür öffnete, fand er alle, die er gesucht hatte, die Schafe, den Esel, die Kuh, den Ochsen, den kleinen Hund und den Jungen. Sie waren um eine Krippe versammelt.

In der Krippe lag ein Kind. Es lächelte ihm entgegen, als ob es ihn erwartet hätte. „Ich bin gerettet", dachte der Mann und kniete neben dem Jungen vor der Krippe nieder.

Am anderen Morgen kehrten der Mann, der Junge, die Schafe, der Esel, die Kuh, der Ochse und auch der kleine Hund wieder nach Hause zurück.
Auf der Erde lag Schnee. Es war kalt. „Komm ins Haus", sagte der Mann zu dem Jungen, „ich habe Holz genug, wir wollen die Wärme teilen."

Wie sich Hass und Gewalt verwandeln lassen und Frieden im Kleinen beginnen kann, erfährt man in der Geschichte von Joel, dem Eseltreiber:

Hätte ich nur meinen Stein noch. Am liebsten würde ich alles kaputtschlagen. Dieses Gasthaus, das für unsereinen keinen Platz hat. Den Schuppen, wo ich übernachtete und fror. Den Stall, ja, den Stall auch. Weil dort der Esel steht. Mein Esel. Dieser verdammt kluge Esel, der glaubt, er könnte mich belehren. Dabei ist er nichts anderes als ein unwissendes Vieh, eine erbärmliche Kreatur, die sich nicht mal wehrte, wenn ich sie schlug oder ihr einen Tritt versetzte.

Es ist wahr, mitunter tat der abgelebte Bursche, dessen Fell voller Schorf und Narben ist, mir leid. Konnte ich dafür, dass der Aufseher mich antrieb? Dass er die Peitsche über mir schwang wie ich den Stecken über dem Esel? Na, und weshalb tat er das, der Aufseher? War er ein Unmensch? Zuzeiten konnte er recht gemütlich sein, doch er hatte den Oberaufseher über sich und dieser wiederum den Oberoberaufseher und der den Allerobersten. Was bedeutet da schon, frage ich, ein Eseltreiber, wo es so viele Aufseher gibt?

Dabei habe ich von Herrn Abamoth noch gar nicht gesprochen, von ihm, dem alle Aufseher und Oberaufseher blind gehorchen. Herr Abamoth, ist er nicht fast so mächtig wie der liebe Gott? So streng, so allwissend, so weit entfernt? Oh, wie ich ihn hasse!

Hätte ich nur meinen Stein noch, den flachen, dreikantigen Stein, den ich aufhob, als Herr Abamoth mich vom Hof jagte.

Jawohl, das hat er getan. Ohne Grund sozusagen, denn ich trank nicht, ich stahl nicht, ich hatte kein vorlautes Maul, nein, ein Eseltreiber bin ich gewesen wie jeder andere; und einen demütigen Augenaufschlag, wenn es nötig war, hatte ich auch.

Nur dieser mein Esel, er war ein anmaßender, übermäßig lauter Esel! Er schrie. Er schrie immer, ob ich ihn schlug oder nicht. Ich denke, es machte ihm einfach Spaß zu schreien. Vielleicht kam er sich gar vor wie einer, der etwas Wichtiges zu verkünden hat – kurz und gut, dem Herrn Abamoth war das laute Wesen nicht angenehm. Er sagte: „Dieser Esel schreit mehr, als einem Esel erlaubt ist. Das stört mich."

Was wollte ein jämmerlicher Mensch wie ich da erwidern? „Herr", sagte ich, „ein guter Esel, der viel schreit. Womöglich ist es Gottes Stimme, und Ihr solltet nicht taub sein, wie Bileam, der Prophet, der auf seinen Esel nicht hören wollte."

Das war, mit Verlaub, etwas großspurig geredet, doch musste Herr Abamoth deshalb gleich in Zorn geraten? Die Ader schwoll ihm auf der Stirn. „Fort mit dem Esel!", schrie er. „Und der Treiber Joel, der die Hoffart des vorwitzigen Esels entschuldigt, mag gleichfalls zum Schinder gehen!" Dieser Joel war ich, versteht ihr?

Joel nahm also den Esel beim Halfter, und beide gingen von Herrn Abamoths Hof. Vorher aber hob

Joel den Stein auf und steckte ihn in die Tasche. Man kann ihn auch in die Faust nehmen, den Stein. Man kann ihn durch die Luft schleudern, aus fünf Schritt Entfernung. Und er ist härter als Herrn Abamoths glatter, haarloser Schädel. Das wusste Joel. Jedenfalls bis gestern. Gestern besaß Joel den Stein noch. Er hütete ihn wie seinen Augapfel, denn Rache ist süß, sagt man. Joel wollte sie kosten. Er wollte diesem Herrn Abamoth zeigen, wo der Schinder wohnt. Und ein Recht dazu hatte er doch?

Oh, dieser Joel, wäre er bloß nicht in den Stall gegangen! Daran ist niemand sonst als der Esel schuld. Wieso, fragt ihr? Nun, ich hatte das Tier dort angepflockt, damit es ein Dach überm Kopf hätte. Ich selber schlief nebenan im Schuppen. Aber der Esel hörte nicht auf zu schreien. Genügte das Stroh ihm nicht? Oder was hatte er sonst für eine unausstehliche Neuigkeit?

Jedenfalls, Joel ging in den Stall. Und der Esel sagte: „Kommst du endlich, du Muffel?" Muffel nannte er mich. Das tat er stets, wenn er böse auf mich war. Das heißt, reden kann der Esel natürlich nicht, doch ich verstehe ihn. Wir leben ja länger als zehn Jahre zusammen. „Siehst du nicht, was hier los ist?", fragte der Esel.

Ich sah zwei arme, landfahrende Leute, die im Stall untergekommen waren, ein Weib und einen Mann. Kann nicht weit her sein mit denen, dachte ich, sonst hätten sie das Kind woanders zur Welt gebracht.

Es ist wahr, das Neugeborene sah ich auch. Es weinte, und ich wusste nicht, was tun, denn ich bin noch nie ein Kindernarr gewesen. „Na, mach schon", sagte der Esel. Er wollte partout, dass ich die Krippe in Ordnung brächte. Sie wackelte, die Krippe. Das eine Bein war zu kurz, deshalb konnte das Kind nicht schlafen. „Leg was unter!", sagte der Esel. Oder hatte ich das selber gedacht? Ich blickte mich im Stalle um. Es war ziemlich dunkel. Der Mann, der sich Josef nannte, mochte nicht mehr Öl genug in der Laterne haben.

„Greif doch in die Tasche, du Muffel", sagte der Esel.

Ich griff in die Tasche, das hätte ich sowieso getan. Wenn man etwas braucht, sucht man zuerst bei sich selber, nicht wahr? Doch in der Tasche war nichts. Nur der Stein. Und der Esel nickte befriedigt, als ich den Stein unter das kurze Krippenbein legte. Er passte genau. Offen gestanden, ich hatte einen unmäßigen Zorn. Nicht, dass ich den fremden Leuten gram gewesen wäre, nein, sie waren womöglich ebenso schlimm dran wie ich, allein auf der Landstraße, ohne Dach. Auch, dass das Kind in der Krippe nun schlafen konnte – alles in Ordnung. Aber was sollte ich ohne den Stein? Gewiss, Steine gibt es genug im Feld, doch dieser eine, den ich in Herrn Abamoths Hof aufhob, lag er mir nicht scharf und griffig in der Hand? Ein Stein, wie für mich gemacht. Was also hatte der Esel gemeint?

Er schwieg. Wollte er, dass ich den Zorn vergesse? Kann ich das? Und, wenn ich Herrn Abamoth den Schädel nicht einschlage, wer soll dann für Gerechtigkeit sorgen in der Welt?

Doris Bewernitz

Der Zaunkönig war nicht immer so klein und schmucklos, wie wir ihn heute kennen. Ursprünglich hatte er die Größe einer Taube und war überaus farbenfroh. Doch in der Heiligen Nacht passiert etwas, das sein Leben für immer verändern wird:

Der Zaunkönig war schon immer ein neugieriger Vogel gewesen. Doch war er nicht von jeher so klein und schmucklos, wie wir ihn heute kennen. Ursprünglich hatte er die Größe einer Taube und war überaus farbenfroh. Seine Flügel schillerten blau und grün, sein Schwanz war lang und tiefschwarz, sein Brustgefieder changierte in den edelsten Rottönen, und als Zeichen seiner Königswürde trug er sogar drei goldene Federn auf dem Kopf, die er geschickt zu einer Krone formte.

Warum er dann heute so winzig und unscheinbar ist?

Das kam so.

In der Heiligen Nacht war der Zaunkönig in der Nähe eines Feldes unterwegs, auf dem Hirten ihre Schafe hüteten. Er hatte den ganzen Tag über nichts zu fressen gefunden, litt Hunger und suchte den Boden nach ein paar Körnern ab.

Als unerwartet ein Licht vom Himmel fiel, erschrak er. Ängstlich duckte er sich hinter ein Schafsbein, lugte hervor und sah, dass ein Wesen auf dem Feld stand, riesengroß, leuchtend, mit Flügeln wie ein Vogel und Händen wie ein Mensch. So etwas hatte er noch nie gesehen. Er zitterte vor Angst. Doch das Wesen sagte, es läge kein Grund zum Fürchten vor, im Gegenteil. Vielmehr sei etwas Wunderbares geschehen. Soeben sei ein König geboren worden, der allen Wesen Frieden brächte.

Nachdem er dies verkündet hatte, forderte der Geflügelte die Hirten auf, zu einem bestimmten Stall zu gehen, um den neuen König zu begrüßen.

Guck an, dachte der Zaunkönig, als er sich von seinem Schrecken erholt hatte. Das trifft sich. Ein König bin ich ja nun auch. Und nicht der schlechteste. Mit meinem prächtigen Gewand kann ich mich durchaus sehen lassen. Meine Ahnenreihe ist ebenfalls vorzeigbar. Wir Zaunkönige wurden schon von Äsop und Aristoteles erwähnt. Na also. Da werde ich einmal zu diesem neuen König gehen und ihm meine Aufwartung machen. Sicher ist er mächtig, trägt goldene Kleider und sitzt auf einem goldenen Thron. Er wird ein prächtiger Bursche sein. Bestimmt lässt er mich an seiner Tafel speisen, ich habe es dringend nötig. Doch was in aller Welt macht ein König in einem Stall? Nun, das werde ich bald herausfinden.

Rasch ordnete er sein Gefieder und brachte seine drei goldenen Kopffedern in Form. Er achtete generell sehr auf sein Äußeres. Dann flog er den Hirten nach.

Tatsächlich kamen sie bald zu besagtem Stall.

Gleich wollte der Zaunkönig zum Tor hinein. Welch ein Andrang dort herrschte! Menschen, wohin man sah. Sie verstopften den Eingang. Er versuchte, sich an ihnen vorbei zu drängeln, aber es war kein Durchkommen. Aufgeregt flatterte er um sie herum und wunderte sich, in welch armseligem Aufzug sie hier erschienen waren. Manche regelrecht zerlumpt, andere in Hauspantoffeln, einer sogar im Nachthemd. Der Zaunkönig war empört. Es gebot doch schon die Höflichkeit, dass man sich schön machte, wenn man einen König besuchte!

Er setzte sich etwas abseits und wollte eben sein Gefieder noch einmal in Ordnung bringen, als er mit Entsetzen feststellte, dass er im Gedränge eine seiner drei goldenen Federn verloren hatte! Er war untröstlich. Diese Federn waren sein ganzer Stolz, und nun hatte er nur noch zwei, die man nicht mehr zu einer richtigen Krone formen konnte.

Konnte er so überhaupt vor den König treten? War das noch standesgemäß? Es musste wohl irgendwie gehen. Begrüßen wollte er den Herrscher trotzdem.

Doch wie kam er nun in dieses Gebäude, ohne von den drängelnden Menschen zerquetscht zu werden?

Vielleicht gab es ein Fenster, in das er hineinschlüpfen konnte?

Gleich flog er um den Stall herum. Kein Fenster weit und breit, doch links unter dem Dach entdeckte er eine Aussparung. Er versuchte, durch sie hindurch zu schlüpfen. Sie war zu klein. Als er den Kopf wieder aus dem Loch zog, war ihm, als fehle etwas. Tatsächlich: Er hatte noch eine Goldfeder verloren! Welch eine Katastrophe! Nun machte es wohl keinen Sinn mehr, in diesen Stall zu gelangen. Er sah ja fast wie jeder dahergeflogene Vogel aus.

Doch seine Neugier auf diesen König war mittlerweile zu stark. Er musste ihn sehen.

Ob man übers Dach hineingelangen konnte? Wozu hatte er Flügel? In einem Dach gab es immer Lücken.

Gedacht, getan. Kaum war er auf dem Dach, bemerkte er etliche geflügelte Wesen, ähnlich dem, das er auf dem Feld gesehen hatte. Sie schwebten herum und sangen, dass es eine Freude war. Verzückt lauschte er ihren Liedern.

Dann suchte er nach einem Zugang. Zu seinem Verdruss war es ein stabiles Dach. Nur ganz oben, am First, fand er einen winzigen Spalt. Der leider viel zu klein zum Durchschlüpfen war.

Er legte sein Auge an den Spalt, schaute ins Innere und erspähte das Fell einer Kuh.

„Mach mich klein, mach mich klein", flüsterte er, ohne recht zu wissen, wen er eigentlich darum bat. Er steckte seinen Schnabel in die Ritze. Weiter kam er nicht.

„Mach mich klein, lass mich ein", flüsterte er und hielt noch einmal sein Auge an die Lücke. Nun sah er das graue Ohr eines Esels.

„Mach mich klein, lass mich ein, ich will bei diesem König sein", flüsterte er noch einmal.

Was war das? Ehe er noch verstand, was vorging, knackte und zog es seltsam in seiner Brust. Seine Haut wurde faltig, seine purpurnen Federn fielen ihm aus, sein Hals verkürzte sich, sein ganzer Körper zog sich zusammen und schrumpfte. Erst wurde er so klein wie eine Amsel, dann wie ein Stieglitz, dann wie ein Sperling, dann wie eine Kohlmeise, dann wie eine Blaumeise, und noch kleiner, immer kleiner, bis er so winzig war, dass er ohne jede Mühe durch den Spalt schlüpfen konnte.

Mit dem Kopf voran ließ er sich hindurch gleiten. Dabei blieb seine letzte goldene Feder am Dachfirst hängen.

Verstört landete er auf dem Rand einer Futterkrippe, schüttelte sich, und noch fremd im neuen Körper, verlor er das Gleichgewicht und plumpste in die Krippe hinein.

Er sah an sich herunter. Wie zerzaust und zerrupft er war! Sein ehemals buntes Gefieder war graubraun und staubig wie Straßenschmutz. Sein Schwanz lächerlich kurz und nach oben geknickt. Sein Kopfschmuck dahin. Die Königswürde dreifach verloren.

Es war vorbei. So konnte er den neuen Herrscher auf gar keinen Fall mehr begrüßen.

Und wie er sich so betrachtete, merkte der Zaunkönig, dass sich unter ihm etwas bewegte. Er sah nach und stellte erstaunt fest, dass er auf einem menschlichen Fuß gelandet war. Allerdings einem ziemlich kleinen Fuß. Wahrhaftig, in der Krippe lag jemand. Ein winziges, verschrumpeltes Menschenbaby, noch mit Schmiere und Blut im Gesicht.

Das Herz des Zaunkönigs zog sich schmerzhaft zusammen. Das war ein Neugeborenes. Und es lag dort völlig allein! Die kleinen Füße waren schon richtig kalt. Das arme Kind würde ja erfrieren. Er musste es unbedingt wärmen!

Sofort setzte er sich auf die Brust des Kindes, um ihm das Herz warm zu halten. Dort, wo er es pochen hörte, breitete er sanft die Flügel darüber und saß ganz still.

Nun wand er den Kopf. Vielleicht konnte er den neuen König von hier aus erspähen. Er hätte ihn wenigstens gern gesehen, wenn er ihn schon nicht mehr ansprechen konnte.

Doch merkwürdig, in diesem Stall waren zwar schrecklich viele Menschen, aber niemand sah so recht königlich aus. Hatte er auf dem Feld etwas falsch verstanden? Drei gut gekleidete Männer waren zwar ganz in der Nähe, doch sie trugen so staubige Sandalen, das konnten unmöglich Könige sein. Nun warfen sie sich auch noch zu Boden und legten allerhand Dinge vor die Krippe, die wie Geschenke aussahen.

Der Zaunkönig stutzte.

Geschenke? Vor die Krippe? Vor diese Krippe, in der das schrumpelige Baby lag?

Ruckartig drehte er den Kopf und sah das Kind an, auf dessen Brust er saß.

Wahrhaftig! Jetzt fiel ihm wieder ein, was der Geflügelte auf dem Feld gesagt hatte. Geboren, hatte er gesagt. Der König sei gerade geboren!

„Oh, verzeihen Sie, Eure Majestät", flüsterte der Zaunkönig entsetzt. „Ich bin untröstlich! Dass ich mich Ihnen ohne jede Ehrerbietung genähert und mich auch noch mitten auf Sie gesetzt habe. Ich ahnte ja nicht! Niemals hätte ich sonst ... wenn ich gewusst hätte ..."

Gleich wollte er auf- und davonfliegen, doch das Kind hob die Hand und machte ihm ein Zeichen, dass er sitzen bleiben solle. Ganz so, als würde ihm sein warmes Herz recht gut gefallen.

Und in diesem Moment begriff der Zaunkönig, dass es sich hier tatsächlich um einen völlig neuen, außergewöhnlichen König handelte. Einen, der nicht auf das Äußere sah, nicht auf körperliche Größe und Unversehrtheit, nicht auf Leistung, Putz und sonstige Förmlichkeiten, sondern einzig darauf, ob man bereit war, ihm das Herz zu wärmen.

Diese Erkenntnis machte ihn so froh, dass er sein neues Aussehen auf der Stelle akzeptierte. Wofür brauchte er buntes Gefieder und einen goldenen Kopfputz? Wozu musste er groß sein? Dass es nun jemanden gab, der einen so wollte, wie man war, war viel besser als all das.

Und der Zaunkönig beschloss, für immer so klein und unscheinbar zu bleiben und diese wunderbare Botschaft in die Welt zu tragen.

Renate Schley

Was hat es mit dieser geheimnisvollen Begegnung auf der Brücke auf sich? Für Marie bekommt Weihnachten plötzlich eine ganz neue Bedeutung:

Es war an einem windigen Dezembertag, dem vorletzten vor Weihnachten, als der Schnee allmählich in Regen überging und die Verwehungen auf den Landstraßen schmolzen. Marie war nicht allzu glücklich über den Wetterumschlag, Schnee wäre ihr lieber gewesen, deckte er doch das Grau der Kleinstadt, zu der sie unterwegs war, barmherzig zu und damit auch alles Hässliche, Feindselige, das stets in den engen Straßen dort zu hängen schien.

Weihnachten mit Tante Amelie ... Das war es, was Marie immer wieder durch den Kopf ging, während sie sich gleichzeitig ohne jede Ironie sagte, dass dieser Besuch trotzdem nicht auf jene familiäre Zuneigung schließen ließ, an die man so gerne glauben wollte bei diesem Fest und nach der sie sich eigentlich sehnte. Tust du dir Leid?, fragte sie sich, kurz vor ihrem Ziel, belustigt. Keine Freunde, kein Mann, keine Familie, nur Amelie – und Weihnachten steht vor der Tür...

Marie hatte das Problem, das ihre Einstellung zum Fest der Liebe seit Langem belastete, noch immer nicht gelöst, und es würde ihr auch in diesem Jahr nicht gelingen. Am allerwenigsten konnte dazu ihre alte Tante beitragen, die doch immer nur Weh und Ach seufzte. Das hatte Marie nicht vergessen, das konnte sie gar nicht vergessen, dazu reichten die fast zwölf Monate des hinter ihr liegenden Jahres nie aus.

Sie musste sich dann auch sogleich, kaum, dass sie angekommen war, von ihrer Tante deren endloses Klagelied über die drei großen Todsünden anhören, die – laut Amelie – in der Stadt um sich griffen wie ein Schwelbrand: Arbeitslosigkeit, Armut, Alkoholismus. Marie kannte das alles längst aus den Gesprächen der vergangenen Jahre. Es sah so aus, als hätte Amelie nichts sonst zu berichten, nur Trostloses und Bedrückendes. Marie hörte es sich dennoch an ihrem ersten Abend im kleinen, bescheidenen Haus der Tante wieder schweigend an, während Amelie die ganze Zeit an irgendetwas strickte, das so grau war wie ihr Haar und ihr Blick, und nur ab und zu ließ sie die Stricknadeln sinken, um hinaus in das Schneetreiben zu sehen, in das sich inzwischen Regen mischte, als erwarte sie, dass dort irgendjemand auftauchte, der die Antworten auf die Fragen der gesamten Menschheit mitbrachte.

Letzte Woche, so erzählte sie, während sie strickte, war eine einzige freie Stelle in der einzigen Fabrik der kleinen Stadt angeboten worden, eine Stelle, und über zweihundert Menschen hatten sich darum beworben, wo doch nur einer hatte die Arbeit bekommen können. Es war, als ob man den Menschen hier endgültig jeden Boden unter den Füßen wegzog.

Marie glaubte ihr jedes Wort. Es ging ihr aber nicht wirklich nahe, denn sie hatte ihre Tante nie besonders gemocht. Ihre wenigen Besuche, auf viele Jahre verteilt, ihre Anrufe, die Briefe mit dem Geld – das alles tat sie nur aus dankbarer und liebevoller Erinnerung an ihren toten Vater, dessen Schwester Amelie war und mit der Marie als Einziger die Erinnerungen an den Vater noch aufleben lassen konnte. Näher brachte sie das einander nicht. Marie fand, dass die Tante schon immer abseits der Realität gelebt hatte, in einer Traumwelt, wo sich Probleme wie Seifenblasen an einem fernen Horizont möglichst rasch und geräuschlos auflösen sollten.

So verspürte sie dann auch nicht einmal den Hauch eines schlechten Gewissens, als sie nach dem Abendessen zu einem Rundgang durch die Innenstadt aufbrach, etwas, das Amelie zwar nicht guthieß, sich aber – zunächst noch – jeglichen Vorwurf verbot: Immerhin wollte ihre Nichte bis nach Heiligabend bleiben, da war es schlecht, bereits jetzt eine Diskussion vom Zaune zu brechen darüber, was man billigte und was nicht.

Zunächst fror Marie, aber sie ging rasch, so, als hätte sie irgendwo noch etwas Dringliches zu erledigen. Dann, als sie die viel zu eng aneinander gelehnten grauen Häuser hinter sich ließ, diese riesigen, hässlichen Steinmassen, begann sie freier zu atmen und fühlte sich mit jedem Schritt wohler, den sie zwischen sich und das Haus ihrer Tante legte. Irgendwann erreichte sie die Brücke, über die sie vor einigen Stunden in die Stadt gekommen war – eine Brücke, genauso hässlich und grau wie alles hier, über die um diese Zeit keiner mehr kam und keiner mehr ging. Es war, als hörte an dieser Brücke alles auf und als finge danach nichts mehr an.

Marie blieb einen Augenblick stehen, um durchzuatmen, und als sie sich dann über das Geländer beugte, sah sie den Mann. Er hockte unten im Schatten eines der beiden Brückenpfeiler. Sie konnte ihn leise singen hören, während vor ihm auf dem nackten Boden ein Windlicht flackerte.

„Hallo", sagte sie über das Geländer nach unten. „Was machen Sie da?"

„Ich warte", sagte der Mann. Sie konnte hören, dass er dabei lächelte.

„Worauf?", fragte sie.

„Auf Weihnachten", sagte der Mann.

Marie wusste nicht, was sie dazu brachte, zu erwidern: „Weihnachten. Was ist denn das eigentlich? Wissen Sie, was es ist?"

„Hoffen", sagte er.

„Wie lange noch?"

„Ich weiß nicht", sagte der Mann. „Vielleicht ist es aber auch – Aufbruch?"

„Aufbruch. Na schön. Und wohin?", fragte Marie.

Er schwieg kurz. Dann sagte er: „Kann sein, Weihnachten ist in einer Nacht wie dieser: Irgendwo auf einer Brücke stehen, den Himmel über sich, dabei wissen, dass die dunklen Zeiten trotz allem bleiben werden und dann plötzlich am Himmel einen Stern sehen, wie man noch nie einen gesehen hat, größer und heller als alle anderen Sterne. Das, was man dann fühlt, ist vielleicht Weihnachten. Oder auch nicht", fügte er halblaut hinzu und sah zu Marie auf der Brücke hinauf. „Es liegt an dir. In dir."

Sie beugte sich über das Geländer. „Woher sind Sie?"

Er sagte etwas vom fernen Osten und dass er jedes Jahr zu dieser Brücke käme. „Ich warte", wiederholte er. „Auf Weihnachten. Auf ein Zeichen. Auf das Zeichen."

„Welches Zeichen?"

Er lächelte. „Meine Reise ist nie zu Ende. Nicht bei Krieg und nicht bei Frieden. Ich komme hierher. Ich komme an. Und ich gehe wieder."

„Haben Sie keine Familie? Verwandte, bei denen Sie bleiben können?", wollte Marie wissen.

„Niemand", sagte der Mann. „Ich komme jedes Jahr hierher und trage, was ich habe, bei mir. Meine Reise ist nie zu Ende."

„Wenn ich Sie wäre, würde ich versuchen, irgendwo unterzukommen. Es soll kalt werden in den nächsten Tagen."

„Danke", sagte er liebenswürdig und wandte sich wieder dem flackernden Windlicht zu. „Aber ich muss hier warten. Auf das Zeichen."

Das sagte er nicht mehr zu Marie.

Es war zwei Tage vor Weihnachten. Sie hätte ihm anbieten können, die Nacht im Haus ihrer Tante zu verbringen, doch sie hatte begriffen, dass er so ein Angebot nicht annehmen würde.

Später, in ihrem Bett, konnte Marie den Regen sehen, dessen Tropfen glänzend wie Opale aus der

Nacht fielen, auf eine Erde, die noch rissig vom Frost war und die alle Nässe einatmete. Kein Wind, der sie ihr entriss.

Später hörte sie den Regen auf dem Dach mit Kinderfüßen spazieren gehen, während in ihren Schlaf schwere Träume taumelten.

Aber ihrer Seele wuchsen opalene Flügel.

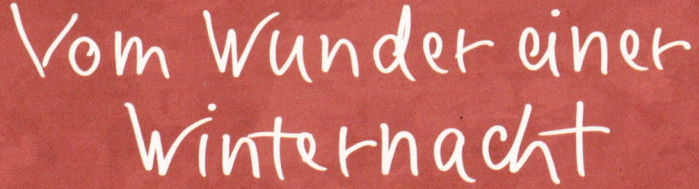

Vom Wunder einer Winternacht

DIE WEIHNACHTSHOFFNUNG

Ulrich Peters

Was, wenn Gottes Traum für uns und unsere Welt Wirklichkeit wird? Das Märchen erzählt von der abenteuerlichen Reise eines kleinen Traumes, der sich nichts sehnlicher wünscht, als einmal ganz groß zu werden:

Es war einmal ein Traum, und dieser Traum lebte bei Gott. Gott träumte, er selber wohne mitten unter den Menschen und alle hätten endlich begriffen, dass er nichts mehr wünschte als gelungenes, geglücktes und entfaltetes Leben für alle Lebewesen.

Aus Liebe zu seiner Schöpfung wurde Gott erfinderisch und träumte von einem Garten des Lebens, in dem allein die Liebe herrscht. Krankheit, Not und Elend waren verschwunden, und es gab keinen Krieg, keinen Streit und keine Boshaftigkeiten mehr. Gott träumte, er selber werde jede Träne von den Augen der Weinenden und Leidenden trocknen.

Allein, dieser Traum Gottes war beinahe zu schön, um wahr zu sein. Dies spürte keiner deutlicher als der Traum selbst. Wenn er sich mit der Lebenswirklichkeit auf der sichtbaren Welt verglich, wurde er traurig, weinte und haderte mit Gott:

„Was bist du nur für ein Gott? Du wohnst in deinem Himmel und lässt die Welt sehen, wie sie zurechtkommt. Du träumst die buntesten Träume von einem glücklichen Leben, aber auf der Erde geht es ganz anders zu. Machst du es dir nicht zu einfach mit deiner Welt?"

„Auch ich sehe das alles", antwortete Gott ihm. „Du tust mir unrecht, wenn du glaubst, dass es mich nicht trifft. Es tut mir weh, was aus meiner Welt geworden ist. Aber meine Geschichte mit dieser Welt und den Menschen ist noch lange nicht zu Ende, kleiner Traum."

„Aber sieh doch", entgegnete ihm der Traum, „die Augen so vieler Menschen sind stumpf und leer geworden, als ob die Träume in ihnen gestorben seien. Was bin ich schon für diese Welt? Ein kleiner Traum, der nicht weiter ernst genommen wird."

„Die Welt wird verwandelt von der Fantasie der Liebenden", antwortete Gott. „Sie wird nur dann wirklich lebendig, wenn die Liebe in den Herzen der Menschen erwacht. Das muss ganz klein und still anfangen wie ein Funke Sehnsucht oder ein kleiner Traum. Ein Traum, ja ein Traum vermag die Menschen wohl aus ihrer Erstarrung und Mutlosigkeit zu reißen!"

In diesen Worten brach mit Macht die liebevolle Lebenskraft Gottes durch. Der Traum wurde angesteckt von der Lebenssehnsucht Gottes. Er wollte Wirklichkeit werden in dieser Welt, die so anders war.

„Du wirst es nicht leicht haben", antwortete er ihm. „Die Menschen können deinen himmlischen Körper mit ihren irdischen Augen nicht erkennen. Du wirst für sie unsichtbar sein und nur aus ihren Herzen zu ihnen sprechen können. Viele Menschen aber glauben der Stimme ihres Herzens nicht mehr und meinen, was man nicht sehen könne, existiere deshalb nicht und könne niemals Wirklichkeit werden. Daher ist es wichtig, dass du einen Menschen oder eine Gruppe von Menschen findest, bei denen du wohnen und lebendig werden kannst. Dann wirst du nicht länger unsichtbar sein für die Welt, du wirst Hand und Fuß bekommen. Geh jetzt, kleiner Traum, und lebe."

So machte sich der kleine Traum auf seine große Reise. Jahrtausend um Jahrtausend wanderte er unermüdlich durch die Welt und gelangte auch in eines der ältesten Bücher der Menschen, das sie bis heute heilig halten. „Nun kann ich nicht mehr sterben", dachte der kleine Traum, „nun werde ich endlich leben."

Aber es kam alles anders. Denn jetzt war er in dicken Büchern und wohlklingenden Reden gefangen, und gelehrte Menschen stritten sich darüber, wie er denn nun zu verstehen sei. Über alle Auslegung vergaßen die Menschen jedoch nur allzu schnell, dass dieser Traum nicht zuerst in lehrreichen Büchern und auf Papier geschrieben sein wollte, sondern ins Herz jedes einzelnen Menschen.

Manchmal ließen sich Menschen in dunklen Stunden ihres Lebens von diesem Traum anstiften und versuchten, seinen Lichtern zu folgen. Am Tage aber schoben sie ihren Traum von einer menschlicheren, gerechteren Welt schnell wieder beiseite. „Träume sind Schäume!", sagten sie dann entschuldigend.

So wanderte der Traum weiter und weiter. Aber soviel er auch suchte, er fand keinen Menschen, der ihm Vertrauen schenken wollte. Da wurde er immer trauriger, und große Müdigkeit kam über sein Herz. Er schrie zu Gott: „Die Menschen bringen mich ums Leben, noch bevor sie mir eine Chance gegeben haben. Sie wollen mich nicht, sie haben keinen Platz für mich in ihrer Welt."

Gott aber nahm den traurigen Traum zu sich und tröstete ihn. „Warum trauen sie dir nicht? Warum glauben sie lieber ihrer Angst und nicht daran, dass am Ende das Gute und die Liebe siegen werden?"

Gott war sehr nachdenklich geworden. Vielleicht meinten die Menschen, er nähme sie nicht ernst genug? Vielleicht musste er ihnen noch weiter entgegenkommen, ja, vielleicht sollte er ihnen ein Beispiel geben? „Wenn die Menschen dir nicht Hand und Fuß geben, dann werde ich es selber tun! Einer muss doch anfangen und die Welt aufbrechen für die Weite und Wirklichkeit des Himmels, sonst ersticken sie am Ende in der Enge ihrer Angst. Ich werde den Menschen ein großes Geschenk machen: Ich gebe ihnen ein Leben für die Welt, damit sie endlich begreifen, dass die Fantasie der Liebe größer ist als die Angst und stärker als das Leid und lebendiger als der Tod."

So nahm eine neue Geschichte ihren Anfang, als der Lebenstraum Gottes in dem kleinen Kind eines jungen Liebespaares auf der Erde zu atmen begann.

KÖNIG, BAUER UND KNECHT
Max Bolliger

Ein König, ein Bauer und ein Knecht haben nichts miteinander gemein. Das Einzige, was sie vereint, ist die Angst. Doch dann führt sie ein Stern zum Stall von Bethlehem:

In der Nähe Bethlehems lebten vor zweitausend Jahren ein König, ein Bauer und ein Knecht.

Wenn der König auf seinem Pferd durch die Straßen ritt, fiel der Bauer vor ihm auf die Knie und küsste den Saum seines Gewandes.

Wenn der Bauer auf seinem Esel über die Felder ritt, verneigte sich der Knecht und nahm einen Hut vom Kopf.

Wenn aber der Knecht jemandem begegnete, wurde er nie gegrüßt. Nur ein kleiner herrenloser Hund hängte sich eines Tages an ihn und wollte nicht mehr von ihm weichen.

Wenn der König schlechter Laune war, ließ er den Bauern für einen Tag ins Gefängnis werfen.

Wenn der Bauer zu viel getrunken hatte, rief er den Knecht und ließ ihn am Feiertag Holz hacken.

Wenn der Knecht unglücklich war, pfiff er dem kleinen herrenlosen Hund und schlug ihn mit dem Stock.

So fürchtete sich der Bauer vor dem König, der Knecht vor dem Bauern und der Hund vor dem Knecht. Aber auch der König fürchtete sich. Er fürchtete sich vor dem Tod.

Der König verbot seinen Kindern, mit den Kindern des Bauern zu spielen.

Der Bauer verbot seinen Kindern, mit den Kindern des Knechtes zu spielen.

Der Knecht verbot seinen Kindern, mit dem kleinen herrenlosen Hund zu spielen.

So fürchteten sich, die Kinder des Königs, die Kinder des Bauern und die Kinder des Knechtes, nicht vor dem Tod, nicht vor einem König, nicht vor einem Bauern und nicht vor einem Knecht.

Sie fürchteten sich vor der Strafe.

Die Kinder waren traurig, denn sie vermochten zwischen dem Kind eines Königs, dem Kind eines Bauern und dem Kind eines Knechtes keinen Unterschied zu erkennen.

Eines Tages aber stand über Bethlehem ein leuchtender Stern. In einem Stall mitten auf dem Feld war Christus geboren.

Der König erfuhr es von den Weisen, der Bauer von den Hirten und der Knecht von einem Hütejungen. Die drei Weisen, die Hirten und der Hütejunge erzählten von der Begegnung mit dem Kind, als ob sie ein großes Geschenk von ihm empfangen hätten.

Ohne dass einer vom anderen wusste, machten sich der König, der Bauer und der Knecht auf, das Kind zu suchen. Als sie einander vor dem Stall mitten auf dem Feld trafen, waren sie verlegen. Aber Maria, die das Kind geboren hatte, lächelte ihnen zu und bat sie, näher zu treten.

Und als sie das Kind in der Krippe erblickten, erfüllte sie plötzlich eine große Freude.

Und sie taten, was auch die drei Weisen, die Hirten und der Hütejunge getan hatten. Sie knieten nieder und beteten es an.

„Nimm mir die Angst vor dem Tod", bat der König.

„Nimm mir die Angst vor dem König", bat der Bauer.

„Nimm mir die Angst vor dem Bauern", bat der Knecht.

Da fing das Kind an zu weinen, weil es ahnte, dass es für den König, den Bauern und den Knecht einst am Kreuz sterben würde.

Am frühen Morgen kehrten die drei Männer gemeinsam nach Hause zurück, der König in sein Schloss, der Bauer auf seinen Hof und der Knecht in seine Hütte. Nun wusste einer um des anderen Angst, doch der Glaube an das Kind schenkte ihnen die Kraft, sie zu überwinden.

Am folgenden Tag aber spielten die Kinder des Königs, die Kinder des Bauern und die Kinder des Knechtes zusammen mit dem kleinen Hund. Auch er brauchte sich nicht mehr zu fürchten.

DIE DREI BÄUME

Drei kleine Bäume haben einen Traum. Jeder von ihnen möch-
te etwas ganz Besonderes werden, wenn er einmal groß ist.
Tatsächlich werden ihre Wünsche wahr, doch ganz anders, als
sie sich vorgestellt haben:

Weit oben auf einem Berg wuchsen drei kleine
Bäume. Sie plauderten viel miteinander, denn die
Tage waren lang.

Eines Tages erzählten sie sich von ihren Wünschen und Träumen, denn ein jeder von ihnen
wollte etwas ganz Besonderes werden, wenn er
einmal groß ist.

Der erste Baum schaute zu den Sternen auf, die
wie Diamanten am Himmelszelt funkelten, und
sagte:

„Ich wünsche mir, dass aus meinem Holz einmal eine Schatzkiste gemacht wird. Sie soll rund-
herum mit Gold verziert sein und viele wertvolle
Edelsteine aufbewahren. Jeder würde meine Kost-
barkeit bewundern."

Der zweite Baum sah den kleinen Bach, der auf
seinem Weg zum Meer durch den Wald dahinplät-
scherte.

„Ich möchte über große Wasser fahren und im
Dienst mächtiger Könige stehen. Aus meinem Holz
soll ein gewaltiges Schiff gebaut werden."

Der dritte Baum hatte einen ganz eigenartigen
Traum, denn er sah sich als Wegweiser, der den
Menschen den Weg zum Himmel weist. „Wenn
sie zu mir hinaufschauen, werden sie den Himmel
sehen und an Gott, den Schöpfer aller Dinge, den-

ken. Darum möchte ich für immer auf diesem Berg stehen bleiben und der größte und schönste Baum werden", träumte er.

Die Jahre vergingen. Auf den Winter folgte der Frühling, und nach Regen kam wieder Sonnenschein. Aus den kleinen Bäumen waren inzwischen große stattliche Bäume geworden. Eines Tages kamen drei Holzfäller den Berg hinauf. In der Hand trug jeder von ihnen eine große Axt.

Der erste Holzfäller schaute sich den ersten Baum an und sagte: „Was für ein schöner Baum. Den kann ich gut gebrauchen!" Und mit kräftigen Schlägen fällte er den ersten Baum.

„Jetzt machen sie bestimmt eine schöne Schatzkiste aus mir", freute sich der Baum.

Der zweite Holzfäller schaute sich den zweiten Baum an und meinte dann: „Was für ein starker Baum. Den kann ich gut gebrauchen!" Und mit kräftigen Schlägen fällte er den zweiten Baum.

„Jetzt bauen sie bestimmt ein gewaltiges Schiff aus mir", freute sich der zweite Baum. „Dann werden mächtige Könige mit mir über die Weltmeere fahren."

Dem dritten Baum sank vor Angst das Herz in die Wurzeln, als der dritte Holzfäller ihn ansah.

Er stand gerade, hochgewachsen und ragte zum Himmel empor. Doch der Holzfäller schaute nicht einmal hoch und murmelte bloß: „Ich kann jeden Baum gebrauchen." Und mit den kräftigen Schlägen seiner Axt fällte er den dritten Baum.

Der erste Baum freute sich, als der Holzfäller ihn zu einem Schreiner brachte. Doch wie enttäuscht war er! Der einst so schöne Baum wurde nicht mit Gold verziert oder mit Edelsteinen gefüllt. Stattdessen fertigte man aus seinem Holz eine ganz normale Futterkrippe für die Tiere im Stall.

Der zweite Baum lächelte zufrieden, als der Holzfäller ihn zu einem Schiffsbauer brachte. Doch auch er wurde enttäuscht. Aus seinem Holz baute man kein stolzes Schiff, sondern nur ein einfaches Fischerboot. Viel zu klein, um über große Flüsse und Meere zu segeln. Als er fertig war, setzte der Schiffsbauer das Boot auf einem See aus, wo es von armen Fischern Tag für Tag zum Fischfang genutzt wurde.

Der dritte Baum war verwirrt, als der Holzfäller ihn in Stücke sägte und die Balken in ein Holzlager brachte. „Ich verstehe das nicht!", jammerte der einst so große Baum. „Ich wollte doch so gern auf dem Berg stehen und die Menschen an Gott erinnern!"

Die Jahre vergingen. Die drei Bäume hatten ihre Hoffnungen aufgegeben und ihre Träume fast schon vergessen. Doch eines Nachts kamen ein

Mann und eine junge Frau zu dem Stall. Sie gebar ein Kind und legte es in die Futterkrippe, die aus dem ersten Baum gezimmert worden war. „Ich wünschte, ich könnte ihm eine richtige Wiege machen!", seufzte ihr Mann. Aber die Frau nahm seine Hand und lächelte. Plötzlich hüllte goldenes Sternenlicht den Futtertrog in einen himmlischen Glanz. „Diese Krippe ist doch wunderschön, Josef", flüsterte sie. Und da wusste der Baum, dass er den größten Schatz der Welt hütete.

Auch der zweite Baum erlebte eine Überraschung. Eines Abends drängten sich ein müder Reisender und seine Begleiter in das alte Fischerboot. Der Reisende schlief sofort ein, während das Schiff hinausfuhr auf den See. Doch plötzlich zog ein gewaltiger Sturm auf. Das kleine Boot schaukelte hin und her. Es war nicht stark genug, so viele Menschen sicher über das Wasser zu tragen. Da erwachte der Mann. Er stand auf, streckte die Hand aus und sagte: „Frieden." Und der Sturm legte sich so schnell, wie er gekommen war. Plötzlich wusste der zweite Baum, dass er den König des Himmels und der Erde an Bord trug.

An einem Freitagmorgen schreckte der dritte Baum hoch, als ein Balken von dem vergessenen Holzhaufen gezerrt wurde. Jemand trug ihn mitten durch eine laute, aufgeregte Menschenmenge einen Hügel hinauf. Dann spürte er, wie Soldaten die Hände und Füße eines Mannes auf ihm festnagelten, und er kam sich niederträchtig und grausam vor. Doch als drei Tage später, am Sonntagmorgen, die Sonne aufging, wusste der dritte Baum mit einem Mal, dass sein alter Traum in

Erfüllung gegangen war. Das Kreuz, das man aus seinem Holz gefertigt hatte, zeigte den Menschen den Weg zu Gott.

So gingen die Wünsche der drei Bäume doch noch in Erfüllung: Aus dem ersten Baum war tatsächlich eine wertvolle Schatztruhe geworden, die den größten aller Schätze in sich trug: Gottes Sohn kam als Kind in einer Krippe zur Welt. Der zweite Baum fuhr tatsächlich mit dem mächtigsten aller Könige auf See: Jesus war in einem kleinen Fischerboot Herr über Wellen und Wind. Und auch der Wunsch des dritten Baumes hatte sich erfüllt: Denn jedes Mal, wenn die Menschen das Kreuz anschauen, erinnern sie sich daran, wie sehr Gott die Menschen liebt.

Wie viel besser ist das, als die schönste Schatzkiste, das gewaltigste Schiff oder der größte Baum der Welt zu sein.

Am Ende bekam jeder Baum, was er sich wünschte, aber auf eine ganz andere Weise, als er es sich in seinen Träumen vorgestellt hatte.

Erzählt nach einer alten Legende

VOM WUNDER EINER WINTERNACHT
Ulrich Peters

Die Engel im Himmel können es nicht fassen. Gott soll in einem ganz gewöhnlichen Kind zur Welt kommen? Doch genau darin liegt das Außergewöhnliche, wie diese Geschichte zeigt:

Unter den Engeln herrschte helle Aufregung. Der Tag stand unmittelbar bevor, dass Gott zur Welt kommen wollte. Wie das geschehen sollte, galt unter den Himmlischen bislang als großes Geheimnis. Und obwohl man wusste, dass Gott immer für eine Überraschung gut war, waren mit der Zeit doch mehr oder weniger klare Vorstellungen von dem großen Moment entstanden, da der Höchste in seiner ganzen Macht und Herrlichkeit, gekleidet in unzugängliches Licht und begleitet vom tausendstimmigen Chor der Engel zur Erde fuhr, um endlich selbst dafür zu sorgen, dass sein Reich komme. Umso überraschter waren die Himmlischen nun von den Gerüchten, die sie jüngst vernahmen. Hinter vorgehaltenen Flügeln verlautete aus gewöhnlich gut unterrichteten Kreisen ganz und gar Ungeheuerliches. Konnte das wahr sein? Stimmte wirklich, was man munkelte?

Die himmlische Welt verfiel mitten in den Vorbereitungen des großen Tages in eine unheimliche Lähmung. Der Engelchor unterbrach seine Proben, und wo eben noch das Lob des Höchsten gesungen wurde, erfasste nun eine besorgte und ratlose Stille die Himmel. Um der Lage Herr zu werden, berief man den Rat der Engel kurzfristig zu einer außerordentlichen Sitzung ein. Einziger Tagesordnungs-punkt: Wie Gott zur Welt kommt. Bericht und Aus-sprache.

Alle waren sie erschienen. Die Ältesten und Weisesten aber bildeten eine Art inneren Kreis. Um diesen Kreis herum lagerten sich die anderen Engel alle. Aufgeregt wisperten und flüsterten sie miteinander, um die ganz und gar unglaublichen Neuigkeiten auszutauschen. Hast du schon ge-hört? Es ist einfach nicht zu begreifen. Unvorstell-bar. Unvorstellbar? Unmöglich, ganz unmöglich möchte ich meinen.

Ganz meine Meinung: Das geht zu weit. Jetzt geht er einfach zu weit …

Die Worte schwebten noch im Raum, als der größte Engel des inneren Kreises einen Flügel hob und alle den Atem anhielten. Was würde der Engel des Vertrauens ihnen mitzuteilen haben? Keiner in der Weite des Himmels stand Gott näher. Aber bevor er noch zu reden begann, platzte ein ande-rer Engel mit seiner Sorge unmittelbar heraus: „Stimmt es wirklich? Stimmt wirklich, was man hört?"

„Was hört man denn?", gab der große Engel mit ruhiger Stimme und freundlich aufgeschlossenem Lächeln zurück.

„Dass der Höchste", dem Fragesteller verschlug es vor Aufregung fast die Sprache. „Also: dass der Höchste als Kind einer ganz gewöhnlichen Men-schenfamilie zur Welt kommen will?"

Da erhob sich ein anderer aus dem inneren Kreis, den man den Engel der Aufmerksamkeit nannte. Er antwortete: „Ja, es stimmt. Ich selbst habe die Botschaft der jungen Frau überbracht, durch die es geschehen soll. Ich versichere euch, sie war nicht weniger überrascht als ihr alle."

„Und ihr Verlobter erst." Ein dritter Engel aus dem inneren Kreis hatte sich erhoben, der Engel der Toleranz. „Der junge Mann geriet restlos in Panik, als er davon erfuhr, dass seine Verlobte schwanger sei, und wollte sich so schnell wie möglich von ihr trennen. Ich habe alle meine Künste aufbieten müssen und mich höchstpersönlich in seine Träume begeben, um ihn für diesen großen Plan des Höchsten zu gewinnen."

„Großer Plan?", ertönte aufgebracht eine andere Stimme. „Was, bitte, ist daran denn ein großer Plan: als Menschenkind in einer Familie zur Welt zu kommen?

Das ist so alltäglich, so gewöhnlich."

„Das ist ja gerade das Große, dass es so gewöhnlich geschieht." Jetzt sprach wieder der Engel des Vertrauens. „Er wird einer von ihnen, ganz und gar, mit Haut und Haaren, damit die Welt von innen mit seiner Gegenwart erfüllt wird."

„Aber wenn das schon sein muss, dann doch bitte in einer königlichen Familie, mindestens aber in geordneten Verhältnissen."

Ein weiterer Engel des äußeren Kreises meldete sich zu Wort. „Die beiden, von denen ihr soeben berichtet habt, sind ja nicht einmal verheiratet. Das ist doch gar keine Familie. Wie um alles in der Welt kann Gott das wünschen – als uneheliches

Kind in höchst ungeklärten Familienverhältnissen zur Welt zu kommen?"

„Das gehört zu seinen großen Geheimnissen. Ihm liegt mehr am Gehalt als an der Gestalt, mehr an dem, was die Irdischen zusammenhält als an der äußeren Form, in der das geschieht. Liebe, sagt er, sei der Anfang von allem. Er könne nur dort ankommen, wo Liebe ist, und wo Liebe sei, entstehe auch Familie – unabhängig von ihrer konkreten Gestalt.

Ihr hättet sehen sollen, wie er strahlte, als er das sagte. Wo Menschen verantwortlich füreinander eintreten und sich in Liebe umeinander sorgen, da sei seine Familie, da könne er zur Welt kommen und finde sein Zuhause."

„Aber wer will denn heute noch Familien?", bemerkte ein ehrlich besorgter Engel. „Sie werden keinen Platz haben in der Welt. Inzwischen ist doch alles andere wichtiger. Nur wer für sich selbst sorgt, sorgt am besten. Sie haben doch alle Angst, am Ende leer auszugehen, wenn sie sich um andere kümmern."

„Gerade deshalb wolle er ja in einer Familie zur Welt kommen." Der Engel der Aufmerksamkeit antwortete. „Dass sie den Sinn für diese Art des Zusammenlebens zu verlieren drohen, heißt ja nicht, dass sie selbst überflüssig wäre. Sie brauchen sie, um das Leben zu lernen. Wo sonst sollen die Irdischen denn bitte einüben, menschlich miteinander umzugehen?"

Dagegen regte sich kein Widerspruch. Eher vorsichtig bemerkte ein nachdenklicher Engel: „Ist das nicht eine einzige Überforderung? Wer kann schon solch einer riesigen Aufgabe genügen? Das muss doch zwangsläufig in Konflikte und Krisen führen. Dann wird die Familie vom Hort der größten Geborgenheit zum Ort der größten Gefahr."

„Auch wir erinnern uns noch gut an die vielen schwierigen Familiengeschichten, die wir schon erleben mussten." Ein majestätischer, beinahe ein wenig unheimlicher Engel hatte sich erhoben. Alle kannten und manche fürchteten ihn. Er war einer der Engel, die das Wächteramt vor der Tür des Paradieses versahen. Mit einer Stimme, die wie von Ferne aus der Tiefe der Geschichte kam, hob er an: „Es war Kain, der seinen Bruder Abel erschlug. Und es waren dessen eigene Brüder, die Josef als Sklaven an die Ägypter verkauften.

Bis heute geschehen in den Familien die schönsten, aber eben auch die schrecklichsten Dinge, die bezauberndsten Wunder, aber auch die bedrückendsten Verwundungen. Ja, wir haben ihm auch das vorgetragen."

„Aber wie hat er darauf reagiert? Das kann er doch nicht übersehen haben?"

„Er hat uns Recht gegeben", antwortete der große Engel. Jetzt verschlug es allen die Sprache. Ein kleiner Engel, der für seinen Scharfsinn bekannt war, fand als erster die Worte wieder: „Aber warum wählt er dann wieder diesen Weg, der schon so häufig scheiterte und bis heute immer wieder scheitert?"

„Weil es nur einen Weg gibt, auf dem der Himmel in die Welt kommt, und der führt durch ihre Herzen", antwortete darauf der Engel des Vertrauens.

Und der Engel der Aufmerksamkeit ergänzte: „Diese Familie soll wirklich menschlich sein, so wie er es versteht. Dann werden alle Arten von Unmenschlichkeit keine Chancen mehr haben."

Die meisten der im Rat versammelten Engel hatten schon zu viel mit den Irdischen erlebt. Es war ihnen anzusehen, dass sie skeptisch blieben. Wie stellte Gott sich das vor? Was meinte er mit dieser anderen menschlichen Art wider ihre Unmenschlichkeiten? Und war eine kleine Familie nicht zu wenig angesichts der Größe der Aufgabe, die sich ihr in der Welt stellte? Überhaupt: Wie sollte das Ganze geschehen?

„Wir werden ihre Gefährten sein", antwortete der Engel des Vertrauens. „Eine Gruppe von uns wird unter meiner Führung zur Erde fahren", fuhr der Engel der Aufmerksamkeit fort. „Wir werden alle Selbstbezogenheit aus ihren Seelen saugen und sie Achtsamkeit füreinander lehren. Denn wenn sie aufmerksam und achtsam miteinander umgehen, werden sie einander mit neuen Augen entdecken und erkennen, wie liebenswert sie sind."

„Gerade in ihrer Verschiedenheit", ergriff der Engel der Toleranz das Wort. „Eine andere Gruppe wird mit mir gehen und ihnen die Angst vor dem anderen nehmen, die ihre Herzen eng und hart macht. Sie werden erleben, wie reich sie dadurch werden, dass sie sich anderen öffnen und einen jeden auf seine Art akzeptieren und schätzen lernen. Wer die Angst verliert, wird fähig, sich furchtlos für das Leben zu öffnen. Er fühlt sich von den anderen in seiner Eigenart nicht bedroht, sondern bereichert. Sie werden erfahren, dass eine Familie nach innen so stabil ist, wie sie sich nach außen zu öffnen vermag."

„Alle anderen werden sich mir anschließen und denen den Rücken stärken, die füreinander sorgen." Der Engel des Vertrauens hatte seine Schwingen so weit geöffnet, als ob er die ganze Welt umarmen wollte. „Wir werden die Liebenden ermutigen, ihrer Liebe Hand und Fuß zu verleihen. Wir werden bei denen sein, die Kindern ein Zuhause geben, und sie auf ihrem Weg ins Leben begleiten. Insbesondere werden wir bei jenen sein, die dieses große Abenteuer alleine meistern. Wir werden alle stark machen, die einander unterstützen, Verantwortung füreinander übernehmen und sich mit Rat und Tat zur Seite stehen. Wir werden bei denen sein, die einander tragen, aber auch bei jenen, die einander ertragen. Wenn sie den Mut verlieren und die Dinge ausweglos erscheinen, werden wir ihre Fantasie beflügeln, damit sie neue Wege finden. Wir werden dafür sorgen, dass die Jungen und Alten nicht das Interesse aneinander verlieren oder vergessen, was sie einander verdanken. Wir werden an der Seite all jener sein, die ihre Kranken pflegen und den Sterbenden beistehen. Lachen und Weinen, Liebe und Leiden, Trauer und Freude – kein Raum wird künftig mehr engellos, und keiner wird mehr alleine sein."

Als der große Engel dies sprach, sprang das Leuchten des inneren Kreises auf den Rat der Engel über, und eine große Bewegung erfasste ihn. Der Chor der Engel aber erhob seine Stimme und sang stellvertretend für alle anderen, so als ob er den Engeln des inneren Kreises antworten und ihnen zustimmen wollte: „Ehre sei Gott in der Höhe, Liebe und unendliches Leben erfülle das All und alle Lebewesen, und Friede erfasse auf Erden alle Menschen, die aus dieser Liebe leben."

Seit jener fernen Nacht, in der Gott als Kind einer ganz gewöhnlichen Menschenfamilie zur Welt kam, begleiten uns Menschen auch die Engel des Vertrauens, der Aufmerksamkeit und der Toleranz. Wann immer ihre Flügel uns streifen, erinnern sie uns an drei Kräfte, die uns geschenkt sind, damit uns Leben und Liebe gelingen.

DIE DREI KÖNIGINNEN
Antonie Schneider

*Die Geschichte der Heiligen Drei Könige kennt jedes Kind.
Doch was machen eigentlich ihre Frauen, während die Männer dem Stern folgen?*

Es waren einmal drei Königinnen. Die eine spann,
die andere bereitete den Teig für das Brot und die
Dritte wob ein Tuch.

„Ach", sagte die Königin mit dem roten Hut.
„Mir träumte heute Nacht, dass mein Mann, der
König, sein bestes Kamel sattelte und auf Reisen
ging."

„Ach", sagte die kleine, schmale mit
dem blauen Sternenkleid. „Mir sagte mein
Mann, er habe in einem alten Buch von einem König gelesen, der bald geboren würde
und Frieden und Rettung und Heil brächte
für die ganze Welt."

„Und mir", erwiderte die Königin mit dem
goldenen Gewand, die Große, die Kräftige. „Mir
träumte, dass mein Mann sich aufmachen würde
mit euren Männern, mit Caspar und Melchior, um
einem Stern zu folgen, der ihnen den Weg zeigt zu
dem neugeborenen König."

Am nächsten Tag machten sich die Könige tatsächlich auf den Weg, wie es die Königinnen ge-
träumt hatten. Der eine trug Gold mit sich, der andere Weihrauch und der dritte Myrrhe.

„Es muss ein ganz besonderes Kind sein, das
unsere Männer suchen", sagten die Königinnen.
„Wir wollen nicht untätig sein."

So machten sie sich an die Arbeit, während die Könige dem Stern folgten. Als die Könige das Kind in einem Stall fanden, wuchs von dort ein großer Regenbogen zum Palast der Königinnen. Da wussten sie, dass das Kind geboren war. Und die Königinnen sagten: „Wir werden ein Fest bereiten."

Und sie schmückten ihren Palast und kochten und backten und zündeten die Lichter an. Dann hielten sie ihre Geschenke bereit für das Kind.

„Das Kind wird unsere Schmerzen tragen, dafür ist das Tuch. Es wird unseren Hunger stillen, dafür ist das Brot. Es wird uns den Weg zeigen, dafür ist der rote Faden", sagten sie. Und die Königinnen deckten den Tisch, breiteten das Tuch aus und darauf das Brot und den Faden und entzündeten die Lichter.

Tiere und Menschen kamen herbei. Die Vögel sangen, und sie feierten zusammen die ganze Nacht. Sie tanzten und aßen und lachten. „Es ist eine besondere Nacht!", sagten die Menschen und Tiere.

Und die Königinnen saßen da voller Erwartung.

Und die Königinnen freuten sich.

„Wir werden warten und Geduld haben", sagten sie.

„Das Kind wird wachsen, und wir werden älter werden. Es ist auch unser Kind, das in dieser Nacht geboren wurde.

Wir werden bereit sein, bis es zu uns kommt, und ein Licht anzünden, wenn es dunkel ist."

Quellennachweis:

Bachér, Ingrid, Von einem Freund, dessen Namen ich nicht kenne, © Verbrecher Verlag GmbH, Berlin.

Bewernitz, Doris, Ein ganz besonderer Weihnachtsbaum, © 2022 Verlag am Eschbach.
Dies., Das Märchen vom Zaunkönig, © 2021 Verlag am Eschbach.
Dies., Sternschnuppen, © bei der Autorin.

Bolliger, Max, Der Weihnachtsnarr; König, Bauer, Knecht; Eine Wintergeschichte; Il Panettone, aus: ders., Wunder geschehen ganz leise. 24 Weihnachtsgeschichten, © 2017 Verlag am Eschbach.

Fuchshuber, Annegert, Es war einmal eine Frau, aus: Ich habe einen Stern gesehen, © Verlag Ernst Kaufmann, Lahr.

Haak, Rainer, Die Kerze gegenüber, © 2023 Verlag am Eschbach.

Kiausch, Dorothea, Zu warm für Weihnachten, © bei der Autorin.

Kubelka, Margarete, Die Muschelschale, © bei der Autorin.

Lachmann, Isolde, Das Märchen vom Weihnachtsstern, © Matthias Lachmann.

Lederer, Joe, Von der Freundlichkeit der Menschen, Mit freundlicher Genehmigung des Langen Müller Verlags Stuttgart, © 1979 F. A. Herbig Verlagsbuchhandlung GmbH.

Peters, Ulrich, Vom vergessenen Weihnachtsengel; Vom Traum, der sich traute; Vom Wunder einer Winternacht, aus: ders., An Heiligen Abenden. Märchen und Legenden für Advent und Weihnachten, © 2018 Verlag am Eschbach.

Sassin, Maria, Ein Weihnachtskonzert, © bei der Autorin.

Schindler, Regine, Die Zaubernuss, © Regine Schindler Erben.

Schley, Renate, Der Mantel; Eine Weihnacht, © bei der Autorin.

Schneider, Antonie, Die drei Königinnen, © 2016 Verlag am Eschbach.

Spilling-Nöker, Christa, Der Engel, der nicht fliegen konnte, © bei der Autorin.

Steinwart, Anne, Bäckerei Engel, Halbmondgasse 12, © Hase und Igel Verlag, München.

Wiemer, Rudolf Otto, Der Stein des Eseltreibers, aus: ders., … dann werden die Steine schreien, R. Brockhaus Verlag, Wuppertal 2003, © Rudolf Otto Wiemer Erben, Hildesheim.

Bildnachweis:
Gestaltet mit Bildern von:
AdobeStock: Yuliia.
iStock: cat_arch_angel, Nadezhda Stepanova, Yuliia Orlova.
shutterstock: Alona Sirenko, anitapol, Ardea-studio, Artefficient, Arvest Watercolors, Check plaid pattern, GreenPlate, Gringoann.art, Honyojima, IMR, Katrinshine, Khaneeros, lukbar, Luria, Maria Cicanci, McLura, mika48, mimibubu, Miraniuk Olga, Nadezhda, Nataliia Pyzhova, Net Vector, ONYXprj, perori, Piccia Neri, Plateresca, Shafran, ultramansk, Yuliya Derbisheva.

Alle Rechte vorbehalten
© 2024 Verlag am Eschbach
Verlagsgruppe Patmos in der Schwabenverlag AG, Ostfildern
Im Alten Rathaus/Hauptstraße 37
D-79427 Eschbach/Markgräflerland

www.verlag-am-eschbach.de

Gesamtgestaltung: Angelika Kraut, Verlag am Eschbach
Kalligrafie: Ulli Wunsch, Wehr
Herstellung: Graspo CZ a.s., Zlín
Hergestellt in Tschechien
ISBN 978-3-98700-113-0

Gedruckt auf Nautilus classic – ein 100 Prozent recyceltes Papier aus 100 Prozent Altpapier – ausgezeichnet mit dem blauen Umweltengel, EU Ecolabel und FSC-zertifiziert. Näheres zur Nachhaltigkeitsstrategie der Verlagsgruppe Patmos auf unserer Website www.verlagsgruppe-patmos.de/nachhaltig-gut-leben

Dieser Baum steht für Erhaltung unserer natürlichen Lebensgrundlagen, umweltschonende Ressourcenverwendung und nachhaltige Herstellung.
Individuell und mit Liebe gemacht.